陈涌与北京安定门中医医院领导在一起。（左起：刘士英副院长、阮盛艳副院长、刘文华院长、陈涌主任、王恩光副院长、李瑞萍副院长）

国家中医药管理局局长王国强与陈涌亲切交谈。

陈涌与国家中医药管理局局长王国强、副局长王志勇亲切交谈。

陈涌回到中国中医研究院后，开始总结抑扶平衡疗法，参与多个抗癌新药的研发工作，深受余桂清老师器重。图为陈涌与业师余桂清共同参加电视台的节目录制。

每年春节，陈涌都到业师朴炳奎家中拜年，包饺子，吃八宝饭，走的时候，老师还会送一小坛朝鲜族特色泡菜。陈涌说，朴老制作的泡菜风味独特，和他的医术比起来各有千秋。

当年风华正茂的杏林学子，如今已是中医界的中流砥柱，那批学生中诞生了方剂学科带头人邓中甲、外科学科带头人李曰庆、肾病专家聂莉芳等不少名家，当然还有肿瘤专家陈涌（后排左三）。

同学们，到祖国最需要的地方去！来自国家的号召，改变了上千万年轻人的命运。而主动奔赴边疆的陈涌，从此告别青春，踏上了长达 43 年的抗癌之路。如今，抗癌长征还在继续。

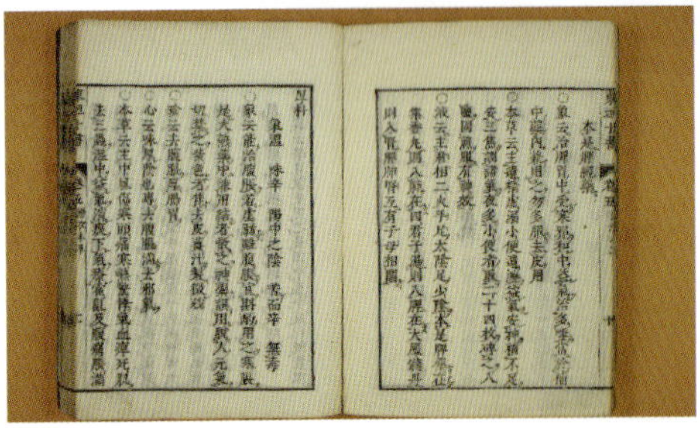

几千年来，中医学薪火相传，流派纷呈。脾胃论无疑是中医史上的一座高峰，对陈涌影响至深。李东垣的理论，最终被陈涌创造性地运用到无毒抗癌领域，形成了独具特色的学术思想。

中国中医研究院和北京中医学院曾经连为一体，全国一半的中医大师都集中在海运仓里。近水楼台先得月，前辈们或借或赠给陈涌大量中医古籍，有一部分留存至今，让她受益匪浅。

王老先生是美籍华人，4 年前确诊右叶肝细胞癌，在美国做完射频消融术后，家属带着他的病历回国寻求治疗，成为无毒抗癌受益者。去年，接近临床治愈标准的王老先生回国看望陈涌。

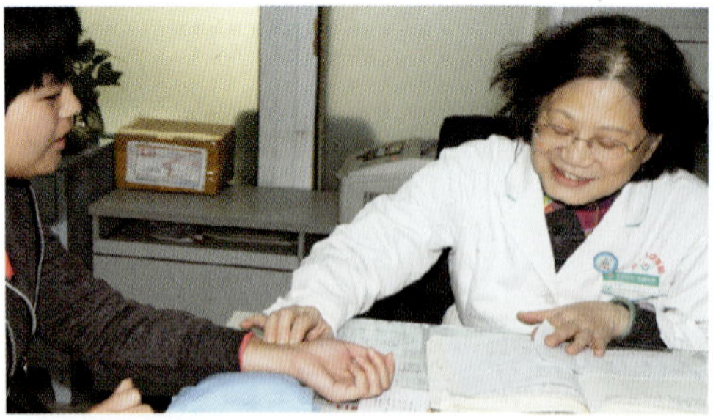

不管癌症还是一些常见病，好的心态对于患者的康复都具有重要意义。临床诊疗过程中，除了个别情况必须保持医生的威严，大多数时候，陈涌总是面带微笑，并把微笑传递给患者。

北京房山区癌友张桂霞直肠癌术后出现淋巴转移，治疗20天症状明显好转，彻底被陈涌高超的医术征服。她的家属也来找陈涌治病，其中一人同时患有肺气肿、高血压等18种疾病。

肺癌肝转移却被当作炎症治疗，病情恶化让小李对西医院产生了抵触。经陈涌诊断证属肝火犯肺，治以清肺平肝，顺气降火，扶正消瘤。8个月后，病情全面好转，嘱其弟送来锦旗。

直肠癌伴肝肺转移、生存期有限，协和医院的诊断让全家人陷入绝望。后在癌友帮助下找到陈涌，服用无毒抗癌中药两个疗程，各项指标平稳，生存质量提升，家人特意送来锦旗致谢。

儿女是父母的心头肉，儿女患病父母心疼，更何况女儿只有24岁，患的还是被宣判死刑的淋巴瘤脑转移。眼看女儿在陈涌的治疗下已经生存4年，母亲两次赠送锦旗表达感激和欣喜。

陈涌出诊的医院同时也是世界针联传统医学培训中心临床实习基地，每年都会有数批国外学员前来实习，陈涌运用国医大师针灸泰斗程莘农的手法做示范、解疑难，深受洋学生爱戴。

家和万事兴，简简单单5个字，流露出的是徐广雷对健康、对生命的全新认识，也是众多癌友与病魔抗争过程中的深刻感悟。一针一线，饱含着重生的喜悦，也饱含着人世间的大爱。

每年，陈涌都要抽出时间深入基层会诊，除贵州和西藏外，足迹遍布全国各省区。随着年龄增加，奔波之苦日重。全国肿瘤专家远程会诊中心成立后，陈涌终于可以轻松一些点了。

从当年大胆问难的初生牛犊，到如今两鬓染白的杏林传奇，当中医肿瘤学来到第三代，传承薪火已然变得迫在眉睫。2009年5月16日，陈涌参加中医师承拜师典礼，正式收徒授业。

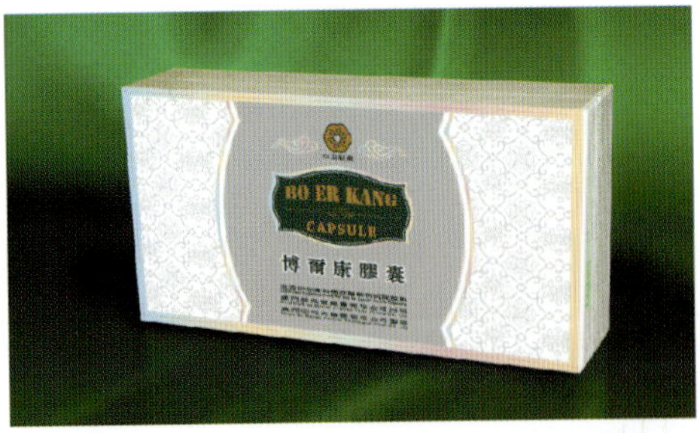

2011年5月19日，全球首个无毒广谱抗癌中药博尔康胶囊正式上市，顺利进入白俄罗斯国家肿瘤医院。作为临床研究首席专家，陈涌深知其对消化系统、呼吸系统、泌尿系统肿瘤有显著疗效。

与博尔康胶囊同期上市的肺艾克胶囊，同样是陈涌多年临床验证的结晶。肺艾克胶囊不仅是全球首个肺癌专用无毒中药，更是全球首个有效治疗肺癌胸水的特效药，临床总有效率达到88%。

大医抗癌路

做纯粹的中医
治要命的癌症

赵伯宗　著

中医古籍出版社

图书在版编目(CIP)数据

大医抗癌路/赵伯宗著. —北京:中医古籍出版社,2014. 6
ISBN 987 - 7 - 5152 - 0552 - 6

Ⅰ. ①大… Ⅱ. ①赵… Ⅲ. ①纪实文学 - 中国 - 当代 Ⅳ. ①I25

中国版本图书馆 CIP 数据核字(2014)第 010255 号

大医抗癌路
赵伯宗 著

策　　划　崔世伟
责任编辑　梅　剑
封面设计　宋庆莹
出版发行　中医古籍出版社
社　　址　北京东直门内南小街 16 号(100700)
印　　刷　三河市华东印刷厂
开　　本　710×1000mm　16 开
印　　张　6. 75
字　　数　100 千字
印　　次　2014 年 6 月第 1 版　2014 年 6 月第 1 次印刷
书　　号　ISBN 978 - 7 - 5152 - 0552 - 6
定　　价　20. 00 元

前　言

很早就想写一部当代中医的传记，从蒲辅周到赵绍琴到段凤舞到程莘农，或时机不够成熟，或题材不能说服自己，或某些情感稍纵即逝，种种原因，一直未能动笔。

不久前接到朋友电话，他表姐确诊肝癌晚期，听另一位癌友介绍，北京安定门中医院肿瘤科主任陈涌的水平不错，让我帮忙挂一个号。当时也没在意，就把朋友表姐的信息告诉了陈涌。大概过了一个多月，朋友再次打来电话，说表姐病情明显好转，又介绍另一位癌友过来治疗。不用说，还是帮忙挂号。我放下电话，忽然有一种想要写点儿什么的冲动。

中医既是医学，又是文化，在几千年的历史长河中，孕育了多姿多彩的人文景观。三国时期的董奉医术高超，凡是重病治愈者栽杏五株，小病治愈者栽杏一株即可。十年以后，得杏树十万余株，蔚然成林，从此，“杏林”便成了中医的代名词。这里面不仅包含了医术和医德，还有口碑，一株杏树就是一段口碑。中医讲究辨证论治，只有个体体验才是最准确的，口口相传，也就成了中医最为重要的评价标准。

口碑背后，必定有着丰富多彩的故事，而我筹谋数载的传记，终于找到了主角。

我与安定门中医医院肿瘤科主任陈涌结识多年，往来不多，算是那种君子之交淡如水的关系吧。在为本书搜集素材的时候，经常感觉我对她的了解可能都不如她的患者。严格说来，这也算不上陈涌的传记，只不过是记录她四十三年抗癌历程的点滴。通过这些文字，我想传递的是一个人对生命的信念。

在中医圈子里摸爬滚打多年，亲眼目睹一剂而起沉疴、数方而愈顽疾的绝技不在少数，匪夷所思也罢，叹为观止也罢，时间长了，反倒不以为意了。普遍印象里，中医仿佛只能鼓捣这些疑难杂症。其实不然，在许多疾病的治疗上，中医都为人们提供了多样化的选择。只不过，治愈疑难杂症带给人的震撼，更为结实罢了。

癌症，可谓疑难杂症中的一座大山，不仅让万千癌友满心绝望，也让无数医生徒余兴叹。陈涌义无返顾地选择抗癌这条道路，并且最终登上无毒抗癌高峰，成为癌友心目中的抗癌明星，源于哪里？凭借什么？透过国家卫计委副主任兼国家中医药管理局局长王国强的肯定，透过中医文献权威余瀛鳌的激赏，透过一大批康复癌友的信赖，一个个答案浮出水面。

对于常人，这可能是一段朴素的故事，对于正在和病魔作斗争的癌友来说，我希望这是一段重启生命的历程。于此，也将是这些文字的意义所在。

赵伯宗

2013 年 10 月于北京

目　录

CONTENTS

第一章
续写父辈荣耀，弘扬岐黄大业

想必是毗邻中国中医科学院和北京中医药大学东直门医院的缘故，海运仓胡同的空气中，一年四季都散发着淡淡的药香。这里曾经有清代北京城最大的粮仓，随着漕运的废止，往昔的热闹与森严不复存在，只剩下青砖砌就的高墙，依稀诉说着世事沧桑。

旧时王谢堂前燕，飞入寻常百姓家。如今的海运仓，正可谓寻常巷陌，寻常人家。然而，寻常自有非常处，当你信步徜徉时，迎面而来的也许就是当代的国医圣手。毫不夸张地说，这条小巷见证和传承着中医的历史，近代医史巨擘十之四五曾在此悬壶授业，续义发微。卧虎藏龙，此之谓也。

上工擅延年益寿之道，海运仓自然不乏耆耉。针灸泰斗程莘农，心理鼻祖薛崇成，年过九十，还在探求岐黄之术的精义奥旨。而95岁高龄的陈阳和，有着别样的传奇人生。

十多年来，每逢春节、端午、中秋等节日，医药卫生界主要领导都会亲自登门看望这位老红军和新中国卫生事业的开创者。从陈老如炬的目光里，拨开厚重的历史尘霾，我们仿佛看到了历经反围剿、走长征、抗日战争、解放战争和抗美援朝战火洗礼的铁血荣耀。

经由女儿陈涌，这份荣耀在杏林开花结果，绽放出一个无比绚烂的春天。

寻常巷陌寻常人

寻常巷陌，寻常人家，夕阳照在青砖砌成的高墙上，忽然多了几分沧桑。

海运仓胡同位于东直门内南小街东侧，是一条东西走向、长493米、宽10米的小巷。胡同旧属居贤坊，明宣德年间在此建官仓，用来接储海运而来的漕粮，故名海运仓。到清代成为京城最大的粮仓，是当时维系京城政治、经济生活不可或缺之所在。《顺天府志》记载："旧太仓计八十三廒，富新仓计六十四廒，兴平仓计八十一廒，南新仓计七十六廒，海运仓计百廒，北新仓计八十五廒。"《天咫偶闻》记载："京仓之在城内者，北曰北新，曰海运……凡京官俸米，皆于此取给。"车马喧嚣，达官往来，肃穆繁华，可想而知。

清咸丰五年（公元1855年），黄河北徙，漕运渐废，海运渐兴。随着轮船、火车的兴起，以及银两代替漕米，到光绪二十七年（公元1901年），漕运正式成为历史。进入民国，海运仓已然无米可储。日子在嘈杂和混乱中过去，有一天，皇城根儿下的老少爷们儿发现，昔日连成一片的巨大粮仓，早已不知散落何处，映入眼帘的，是残破不堪的平房民居。

新中国成立后，随着北京市中医进修学校（编者注：1951年成立，教室位于北门仓1号）的开展、北京中医学院（编者注：1956年成立，1958年搬迁至海运仓3号，1993年更名为北京中医药大学）的创建和中国中医研究院（编者注：1955年成立，1962 年迁入东内南小街 16 号，2005 年更名为中国中医科学院）的迁入，中医药文化在这里深深地扎下了根。曾经的“米粮仓”被改造成“医药仓”，曾经的“乌衣巷”也变为了“白衣巷”，上至高官巨贾，下到平民百姓，求医问药者，络绎不绝。

仲春的海运仓，燕语呢喃，东风软透，空气中弥漫着中药的香馥，偶尔从迎面踱来一位老者，鹤发银须，仙风道骨。就当你还在猜测这是不是当代的国医圣手时，人已走远，留下一抹挺直的背影和一缕莫名的惆怅。

陈涌的少女时光，依稀刻在海运仓的每一寸土地上，陪伴她度过躁动青春期的，无非望闻问切针砭药石。对于常人来说，可谓单调乏味，不可思议。陈涌说：“也许是父亲身上的坚韧、执著精神，给了我力量。”

作为中医肿瘤学第三代传人，有关陈涌家世的猜测很多，传言中不乏清代大家陈修园、晚清御医陈莲舫等来头极大者。与陈涌相识多年，印象中，这大概是她第一次提及父亲，由此我也得以近距离了解这位抗癌明星的成长背景和家学渊源。

十多年来，每逢传统佳节，医药卫生界主要领导都会亲自登门看望一位老红军，他就是陈涌的父亲陈阳和。今年春节前夕，卫生部副部长王国强（编者注：现任国家卫生计生委副主任兼国家中医药管理局局长）在中国中医科学院党委书记王志勇等领导的陪同下，按例来到海运仓，慰问 95 岁高龄的陈老，茶香氤氲中，大家再次回到了往昔的峥嵘岁月。

陈阳和是客家人，旧历 1918 年尾、新历 1919 年首出生于福建省龙岩市上杭县旧县乡。上杭是革命老区，第二次国内革命战争时期，这里曾经是中央苏区的重要组成部分，旧县乡更是涌现出邓六金等一批著名的老红军。

1931 年，十岁出头的陈阳和刚加入中央红军，便迎来了第三次反“围剿”。突击中，陈阳和所在连队的司号员中弹牺牲。但是，战斗还在继续，此时怎么能够没有“指挥员”呢？在十万紧急的情况下，陈阳和向连长请示，自己曾经吹过笛子，入伍以来背了几十个号谱，保证完成任务。连长看了一眼远处的炮火，咬紧牙关，拍着陈阳和的肩膀说："只许对，不许错！"陈阳和坚定地点了点头，从战友尚带余温的手中接过军号。天黑前，部队成功突围，吹响冲锋号的那一刻，泪水烫湿了他的双眼。从此，陈阳和做了司号员，成为一生的光荣记忆。

陈涌说："父亲告诉我，司号员的口中掌握着战友的生命，一个音符吹错，小到连队，大到整个部队，都有危险；医生的手上掌握着患者的生命，一味药用错，就会耽误病情，甚至误人性命，不能不谨慎啊！"

1934年10月，第五次反"围剿"失败，中央红军主力8.6万余人，从江西瑞金、于都和福建长汀、宁化出发，开始了举世闻名的长征。抢渡湘江，四渡赤水，爬雪山，过草地，历时一年多，辗转十一省，行程二万五千里，于1935年10月19日到达陕北。

长征途中，红军既要突破国民党军队的重重围追堵截，更要面对恶劣的自然环境和伤病。特殊环境下，陈阳和成长为一名医务兵。凭着私塾功底和采药经验，陈阳和边看边学，逐渐掌握了基本的护理和治疗技术。1938年，陈阳和被派至冀中前线，加入跟随诺尔曼·白求恩（Norman Bethune）的医疗队。1939年10月28日，这是陈阳和永远都不会忘记的日子，在距离火线只有2.5公里的孙家庄小庙里，白求恩为伤员做手术时，不慎割破左手中指。为了争取手术时间，白求恩没有包扎处理伤口，最终不幸感染引发败血症，在唐县黄石口村逝世。"中国人民一定会获得解放！"这是白求恩说的最后一句话。从他身上，陈阳和看到了医生最为可贵的品德——陈老不止一次告诫陈涌，做医生，要以苍生为念！

坚强，是对战友最好的祭奠。不久，陈阳和进入白求恩卫生学校进修，毕业后开始领导敌后的卫生医疗工作。抗美援朝战场上，陈阳和担任师部铁道兵卫生院院长，救治和运送前线伤员，大量志愿军战士因此免于残疾和保全生命。

朝鲜战争结束后，陈阳和脱去戎装，前往卫生部报到。1958年，陈阳和奉调进入北京中医学院，后来参与创建中国中医研究院骨伤科研究所（编者注：今中国中医科学院望京医院）并担任党委书记，与中医结下不解之缘。

陈阳和一生历经坎坷，多姿多彩——接受过毛主席的检阅，聆听过朱总司令的战前动员，曾经与白求恩并肩战斗，也曾与尚天裕共同工作。无论抗日战争，还是解放战争；无论抗美援朝，还是建设新中国；无论在后方，还是在前线；无论在长征路上，还是在手术台前，每一次面对新的挑战，飞夺泸定桥的冲锋号都会响彻心底，激励他奋勇向前。我是革命一块砖，哪里需要哪里搬，正是凭借大无畏的革命精神，陈阳和一步步成长为新中国卫生事业的开创者和见证人。

中国共产党成立90周年之际，中央国家机关工委常务副书记杨衍银来到中国中医科学院看望陈阳和，转达工委书记、国务院秘书长马凯同志（编者注：现任国务院副总理）的问候。

2009年1月24日上午，中共中央、国务院春节团拜会在人民大会堂隆重举行，党和国家领导人同首都各界人士4000多人欢聚一堂，喜迎新春佳节，陈阳和受到时任中共中央总书记、国家主席、中央军委主席胡锦涛同志亲切接见。

事实上，国家从来没有忘记陈阳和等老一辈革命家的贡献。1988年，中央军事委员会决定为军队离休干部授勋，如果离休前没有转业，陈阳和可以获得二级红星勋章。对于红军战士来说，这是至高无上的荣誉。陈老却淡然一笑，他觉得能够投身到卫生事业中，亲自参与中医药事业的发展，为人民群众的健康努力工作，这种荣誉更高，更难得。

这种不计较个人得失，全身心投入事业的精神，在陈涌身上体现得同样明显。四十七年前，当别人为革命或保守争斗时，她躲在角落里研读中医经典；四十三年前，当别人为留在北京绞尽脑汁时，她选择了远隔千里的云南；三十多年前，当返乡大潮席卷全国，她却还在深山里对抗肝癌；二十多年前，当北京、上海、广州、成都成为中医药的中心，她又去了石家庄；十年前，她放弃参加科研评选正高职称的机会，全力战斗在临床第一线；五年前，她不愿留在中国中医科学院肿瘤专家组“吃老本”，又将目光投向了无毒抗癌……

受父亲影响，陈涌非常执著，在旁人看来甚至是偏执。而与癌症抗争，每前进一步都极为困难，有时候难免浮躁。如果心情不好，她就在海运仓胡同里走上一会儿，春来杨柳，夏夜蝉鸣，秋日黄叶，冬时积雪，走着走着，人也就平静下来。

我有健康守护神

寿登耄耋，年届期颐，已经到了风轻云淡尽享天伦的年纪，然而谈起过往，陈阳和的脸上总会流露出难以掩饰的激动。在他心底，这辈子最骄傲的事情，就是与中医结缘，并将这段缘分传承下去。陈阳和的目光落在陈涌身上时，有欣慰，有羡慕，还有感激。

1958 年，根据党和政府相关指示，中国中医研究院组织解放后第一批大规模拜师活动，拉开了新中国中医药人才培养的大幕。当时北京中医学院和中国中医研究院工作往来较为频繁，陈阳和不仅亲眼目睹冉雪峰等 31 位享誉全国的名老中医收徒，还曾亲自参与过一部分工作，感触自然很深。当时他就想，自己的孩子将来也要拜名医，学仁术。

半个世纪过去了，北京安定门中医院肿瘤科主任陈涌已经成为当今中医肿瘤界的风云人物，她的精湛医术，她的至诚医德，经千千万万从死神手里挣脱的癌友口口相传，名越九川，声蜚四海。有时候，她就开玩笑问父亲：“我这个任务完成得怎么样啊?”每次得到的回答都是“很好！很好!”

曾几何时，人生七十古来稀；而今回首，八十九十寻常见。虽然已近百岁，陈阳和依然精神矍铄，思维清晰，走起路来，健步如飞，说起话来，中气十足。谈到自己的健康秘诀，陈阳和认为应该归功于女儿陈涌。陈涌透露，有一次电视台的记者去采访，父亲称她为“健康守护神”。然而，这句话却让陈涌心如刀割。

陈涌清楚记得，她毕业离开北京时，父亲已经年过半百。从云南回来时，父亲已到耳顺之年。最后调回北京时，父亲已是八十高龄。每一次送行，父亲总是鼓励她安心工作，不要辜负党和政府的培养。然而挥手作别时，空气中一丝淡淡的落寞随着渐行渐远的背影，无限拉长，那一刻，心是痛的。

现在能够陪在父亲身边，不可谓不幸运，陈涌觉得必须要做些什么。她说：“我总感觉这么多年，待在父亲身边的时间太少，亏欠父亲的太多，一定要想方设法地弥补回来。我现在能做的，就是尽我所能，让父亲生活得更健康，更快乐。”不知从何时起，陈涌的床头多出了养生方面的书籍，每天她都会抽出一部分时间仔细阅读，不管多忙多累，都不曾落下。

陈涌最早治疗乙肝，然后转到肝癌，后来转到消化系统癌症，再后来就是和各种癌症打交道。因此可以说，养生这一块儿，完全是因为父亲才有所涉猎。

一般来说，中医是全科，也就是说中医得什么病都会看，这与中医的辨证方法有关。但是，人的天赋和精力毕竟有限，不可能面面俱到，样样俱精。陈涌说，恩师余桂清常常告诫她，一辈子能把一个病看好、看透，就算了不起的造化了。回顾养生之路，她并非一帆风顺。

《内经》讲“上工治未病”，“圣人不治已病治未病”。《千金要方》讲“上医医未病之病，中医医欲病之病，下医医已病之病”。通俗来讲，治未病就是预防疾病，也就是养生。中医认为，善于养生者为上医，反言之，只有上医才会养生，可见养生之难。陈涌半路出家，何以驾驭养生之道？

先从最基础的学起，一本《黄帝内经》，陈涌反复研读不下百遍。有时为了弄清楚一句话的确切含义，要翻阅大量典籍和医案。数年摸索，总算窥得养生奥秘。

作为肿瘤专家，陈涌在研究养生时，经常和抗癌联系起来。她说："养生不外乎先天禀赋与后天调养。先天禀赋因人而异，禀赋好，需要调养维护，禀赋差，需要调养补救。因此，欲得长寿，必须调养。《内经》介绍了许多调养方法，最重要的我认为有两点，即和于阴阳，调于四时。与无毒抗癌的道理一样，实际上就是讲平衡，动静须相宜，饮食须有节。"

有人说，医术高低，看医生自己就知道了。虽不尽然，但至少有案可循，现实中，我们的确可以看到不少"返老还童"的优秀中医。所以经常有朋友说，陈涌如果开养生馆，都不用打广告，陈老爷子往那儿一坐就行了。但是，一位肿瘤专家，仅仅凭借研读典籍就能变成养生专家吗？显然不是，陈涌在养生领域有所建树，必定离不开"小灶"。

一代硕师岳美中先生于老年病颇有研究，晚年创立补益六法，包括平补、调补、清补、温补、峻补、食补等，发前人之所未发，防病治病，功效卓著，个中精妙，至今鲜有医家可及。岳美中所藏宋代《养老奉亲书》，批注甚多，不乏独创的养生理念和观点。陈涌上大学前，曾借过此书，出于好奇，逐一誊抄。放在当年，这些批注不过是写在空白处的"闲言碎语"，今天看来，却是可遇不可求的财富。有了前辈的独门秘笈，走起路来，自然是又稳又快。陈涌每每感慨，一条批注如一盏明灯，为自己照亮了岐黄大道。

岳美中主张脾胃是老年养生的关键，据此提出"先天生后天"、"后天养先天"等理论。陈涌除了继承他的养生经验，还从脾胃论出发，将后天补益的重点放在保护脾胃之气。陈涌说："关于养生，李东垣在《脾胃论·摄养》中有过非常精当的叙述，简而言之，就是以食调，以衣调，以居调，以行调，我称之为'四调'；同时还要因寒避，因热避，因湿避，因燥避，我称之为'四避'。"

四调四避，看似日常生活中的诸多细节，实则养生之道的大要所在，也是健康长寿的根本途径。有段时间，陈阳和饮食偏清淡，舌苔偶见剥脱，营养稍显不足，陈涌对他的早餐和晚餐做了调整，一周后恢复正常。

在陈涌的悉心调理下，陈老的身体好得没话说。然而随着父亲年龄的不断增大，陈涌担心癌症会找上门来。

越来越多的研究证实，癌症是一种慢性病和常见病。临床上，为了消除癌友的恐惧心理，帮助大家更好地认识癌症和接受治疗，陈涌不厌其烦地普及这一常识——其实每个人的身体里都有癌症基因，正常情况下，参与细胞增殖、分化与更新等生理活动。与此同时，每个人的身体里也有抑癌基因，用来抑制细胞增殖。一旦抑癌基因缺失，癌症基因就会失去控制，细胞疯狂增殖，形成癌变。归根结底，癌症并非病毒或其他东西，而是正常细胞变异为癌细胞，进而破坏正常的细胞组织。癌细胞的特点是无限生长、转化和转移，因此，消灭癌细胞几乎是一个不可能完成的任务。随着机体衰老，抑癌基因缺失的风险暴涨，患癌的几率随之倍增。陈涌说："假如活到100岁，80%的人都会患癌。"

当癌症真的找上门来时，那个挽救过无数生命的抗癌明星，也不由得紧张，甚至为此险些和父亲产生隔阂。

2004年，陈阳和说要回福建老家住一段时间，谁曾想每天与老战友喝喝茶叙叙旧，不知不觉一年就过去了。回到北京没多久，出现排尿困难，经北京医院检查确诊为前列腺癌，专家会诊后给出的建议是做去势手术。半生戎马的陈阳和岂能接受？还没等医生说完，便拂袖而去。回到家中，父女俩开始商量治疗方案。陈涌勉强挤出一丝微笑，对父亲说："反正您还没有老糊涂，您来决定。"最终，陈阳和选择了中药治疗。然而，放着已经撑起中医肿瘤学第三代大旗的女儿不用，陈阳和却另求于人。找了沈绍功，又找施汉章，手里攥着好几个方子，就是不去开药。后来，施汉章实在看不过去了，就对他说："让小陈看就行了嘛，自己的闺女还信不过啊?!"或许是老同事之间坦诚相见的缘故，陈阳和因此改变了想法。

陈涌却依旧耿耿于怀，再三追问，陈阳和才道出实情。原来，他是担心自己年龄比较大，康复机会小，万一治不好，给陈涌今后的抗癌生涯带来负面的影响。直到今天，陈涌还记得当时的情景，“我告诉父亲，如果连他的癌症都治不好，我还怎么给别人治?”

一晃将近十年过去了，陈阳和身体越来越棒，精神越来越好，一点也不像得过癌症的人。难怪王国强副主任会握着他的手说：“有陈涌在，您什么都不用担心。一百岁的时候，我们还来看望您!”

战胜前列腺癌后，对于父亲的健康，陈涌也是越来越有信心。她说：“老吾老以及人之老，从父亲这里，我更深切地体会到患者对于健康的渴望。作为医生，不光要做亲人的健康守护神，更要做患者的健康守护使者。”

左右邻家多圣手

中国的传统文化讲究家学渊源和师承流派，无论曲艺工匠，还是诗文书画，甚至为官为商，家世背景都有着举足轻重的影响，往往成为衡量一个人成就和地位的根本性指标。由此，也诞生了一个闪烁着光环和荣耀的词语——世家。中医作为中国传统文化的代表，自然不能免俗。“中医世家”，“世代业医”，翻开名医传记，多有类似描述，就连名噪一时的大骗子张悟本，也不忘打出“四代中医世家”的噱头，可见世家之于中医的重要性。

论起“中医世家”，陈涌算不上，但其机缘也非常人可比。她半开玩笑半认真地说：“再大的世家能大过中医研究院和中医学院吗?”

的确，当时的政策是六字方针，“先中央后地方”，周恩来亲自指示从各地抽调最优秀的中医到北京。1962 年起，中国中医研究院和北京中医学院不仅互相毗连，而且两度合署办公，海运仓可谓云集了全中国半壁名医——人称“叶金针”，担任刘少奇、朱德、贺龙等中央首长保健医生，多次奉命出国为外国元首治病，被也门国王默汗迈德誉为“东方神医”的叶心清；与清末民初大国医张锡纯齐名，曾任武昌首义大都督黎元洪军机秘书，进入中国中医研究院后担任高干外宾治疗室主任的冉雪峰；自学而成一代大师，承担毛泽东、周恩来、叶剑英等中央领导人医疗保健任务，治好印度尼西亚总统苏加诺肾结石和肾功能衰竭的岳美中；天文地理无所不知，古今中外包容汇通，45天治愈前苏联驻华大使脑血栓，针药并施享誉杏林的黄竹斋；祖传中医外科，与儿科圣手周慕新、皮科专家赵炳南、妇科名医刘润甫并称京城四大名医，实为现代中医肿瘤学滥觞的段馥亭……

近水楼台先得月，中医各大流派的顶尖大师一下子成了陈涌的“启蒙老师”。借书求药，问难质疑，常常打破砂锅问到底，不搞明白不罢休。很快，大家就被这个大胆、直爽而又虔诚的小姑娘折服，无论祖传绝技，还是独家心得，教授陈涌时，全都毫不吝啬。几年下来，陈涌基本读完了《汤头歌诀》《药性赋》《濒湖脉学》《内经》《难经》《伤寒论》《金匮要略》等中医入门和经典，对中医的辨证施治有了初步的认识。

有一年父母到外地出差，陈涌突发低热，持续两天不退，便据书中古方化裁一方服用，病情虽有缓减，但不见好。思虑再三，带着自己的方子，去找蒲辅周老先生。蒲老把完脉，又看了方子，连连称奇，说：“你的方子下得有水平，只是缺乏经验，有一味药用法欠妥，去丹皮改用菟丝子即可。”果然，改方后3副药即告痊愈。陈涌领会到遣方组药的精妙，对中医的感情更为加深，而这一药之差也让陈涌明白，医生是治病救命的，没有十足的本事，无异于杀人。从此但凡头疼脑热、跌打损伤，陈涌都会去找老专家，一来治病，二来学习。直到今天，陈涌在为患者开方时，都会再三斟酌，力求法度严谨，七情和合。

通过这一阶段的积累，陈涌不仅步入了中医殿堂的大门，更重要的是，在与名家的交往过程中，她接触了许多高超的技艺，对中医树立了强大的信心。陈涌说：“眼见各种疑难杂症被轻松化解，怎能不惊奇？怎能不叹服？我当时甚至觉得这世上就没有中医治不了的病！”陈涌日后走上抗癌道路，与此恐怕不无关系。

2009年6月19日，得知程莘农荣膺“国医大师”殊荣后，陈涌异常激动，专程前往祝贺。尽管在此之前，程莘农已经当选中国工程院院士、中央文史研究馆馆员、首都国医名师，可谓名副其实的针灸泰斗，但国医大师却是新中国成立以来首次由政府组织、评选、认定，是对现代和当代中医的全面总结，30位大师，基本代表了各领域内的最高成就。

陈涌说：“程老1957年调入北京中医学院，比我父亲还早一年。我们是邻居，几乎每天都能碰见。当时程老刚到北方，口音重，有些话我也听不懂，但不知道为什么，觉得他很亲切。可能是他一举一动都带着海派的范儿，对我来说，比较新鲜吧。”提起程莘农，她总是有说不完的故事，半个世纪前的情景，历历在目。那时候陈涌管他叫程叔叔，刚开始找他借书，时间长了，遇到不懂的问题，也会向他请教。程莘农家中藏书比较多，有中医方面的，有国学方面的，还有书画方面的。每次他都让陈涌自己随便挑，书架最上面一层够不着的，还会帮陈涌拿下来。

1960年暑假，陈涌又去请教问题。当时程莘农正在诊室为病人做针灸，一根细细的银针如同生了根，随着手指捻动，圆润地流转。时间定格在这一刻，魔术师施展神秘的魔法，书画家描摹漂浮的云水，将针灸提升到艺术境界，当世能有几人？

治疗结束后，陈涌还呆立一旁，分不清是好奇还是恐惧。程莘农让陈涌伸出手，把了一会脉，说有点上火，可以扎个针试试。但是，一个十几岁的小女孩儿，看见好几寸长的针，敢于尝试者恐怕不多。

陈涌说：“程老问我是不是对针灸有兴趣，我说有，他就笑了笑说，有兴趣就不要怕。针虽然很长，扎的时候可一点都不疼。话音刚落，针已下去。的确，没有任何疼痛感。停了几秒，程老问我还怕不怕，我说不怕，他就开始捻针。像刚刚经历的魔幻一样，只是右手合谷周围多了酸麻胀痛的感觉。行针两分钟后，程老停了下来，开始给我讲针灸的基本要领，诸如诊断、取穴、认穴、进针、行针、留针、出针、经络、补泻等等。”

其实，陈涌当时根本就没有记住这些概念，惟独有印象的是手法。陈涌说：“针灸的效果与手法有很大关系，同样一个病，同样一个穴位，不同的医师会取得完全不同的疗效。就拿持针来说，不仅需要指力，还需要方法。程老让我试着拔他手里的针，看似轻轻地一捏，任凭我用尽最大的力气，依然纹丝未动。”多年以后，陈涌才知道，这就是蜚声国际的“程式三才”，别说一个小女孩，就是大人，也休想轻易拔走程老手中的银针。“程式三才”的另外一个特点就是快，认穴快，进针快，见效也快。

针灸形式独特，疗效确切，受到世界各国的欢迎，东亚、南亚、欧洲、美国，不断掀起针灸热，每年都会有国外学员来到北京安定门中医医院。这里是世界针灸学会联合会传统医学培训中心临床实习基地，陈涌为他们做临床演示，用的就是程莘农大师的手法。

北京奥运会期间，一对日本夫妇来华观看乒乓球比赛，某天在赶往赛场的途中，丈夫三浦哲也突然处于半昏迷状态，身边的妻子小野雅美脸色大变。好在司机懂一些日语，他从车内后视镜发现情况不对后，便赶紧与小野沟通。得知三浦 6 年前做过胃癌切除手术，是一位癌症病人后，司机告诉小野，北京有一位抗癌明星，专治癌症，治好了几万人，外国人也找她治。将信将疑的小野听从司机的建议，来到了北京安定门中医院。经过诊断，陈涌发现并没有大的问题，她让助理找来一位懂日语的研究生，告诉小野，三浦不是癌症复发，不用担心。果然，针灸治疗 15 分钟后，原本昏昏欲睡难以支撑的三浦就恢复了正常。

原来，三浦患胃癌之后，脾胃虚弱，本就贫血。最近一段时间长途飞行、游玩、看比赛，过度劳累，贫血加重，引起栓塞。血会膈俞，针之理气活血通脉，气血通了，自然也就好了，三浦夫妇甚至没有耽误观看福原爱的比赛。

用出租车司机的话说，这叫“大伙儿都说好，一准儿错不了！”但是陈涌却谦虚地表示，自己只不过学会了国医大师的一点皮毛。

程莘农不仅是医界泰斗，书画诗文也颇有造诣。他出身书香门第，六岁就开始读四书五经，国学功底深厚。程莘农告诉陈涌，要想做一个好郎中，必须得过古文这关。也就是从那时候起，陈涌打下了比较好的古文基础，为日后研读中医典籍，丰富理论知识，乃至开创无毒抗癌，打下了坚实的基础。

陈涌说："程老告诉我，这是老祖先留下的东西，我们不仅要学，还要往下传。"

听君一席话，胜读十年书。这些中医界的硕学名家，对于岐黄路上的后进，能够见上一面，已属难得，更何况长期耳濡目染。他们渊博的学识，独到的观点，至今依然影响着陈涌的一言一行。

逍遥阅尽杏林春

快乐总是短暂的，高考在即，无忧无虑的日子一去不复返。

"学好数理化，走遍天下都不怕"，这是当时就已流行的一句顺口溜，也反映出那个特殊年代的社会形势——打倒帝国主义的豪情和建设社会主义的热情双双高涨，而担负着"上天入地下海穿山"重任的理工科当然倍受欢迎，尤其是与军事相关的大学和专业，更是炙手可热。对于意气风发的共产主义接班人来说，哈军工、西军电是至高无上的神圣殿堂。

当时高考分为理工、医农和文史三类，成绩好、成分好的学生大多都会选择理工科，惟独陈涌选择了医农类，只不过在"军医"和"中医"这两个专业之间经历了一番纠结。父亲长期在卫生领域工作，左邻右舍又都是中医大家，跟着他们，陈涌学了不少中医知识，选择中医可谓顺理成章的事。但是，父亲的经历又让陈涌从小就对军人有着特殊的感情，军医似乎也有着巨大的吸引力。军事类重点院校中唯一的医学院校是中国人民解放军第四军医大学，医学类重点院校中唯一的中医院校是北京中医学院，放弃哪个都于心不忍。无奈之下，陈涌干脆抓阄，第一次抓到的是第四军医大学，但抓完了又不愿意面对，再重新抓。这样反反复复几十次，反而一点主意都没有了。

怎么办？就在陈涌一筹莫展之际，父亲陈阳和抛给她一粒定心丸。父亲告诉她，安心考试就可以了，被哪所学校录取都是缘分。最终，陈涌收到北京中医学院的录取通知书，继续着与中医的不解之缘。

1956 年，北京中医学院成立，在举国之力的支持下，经过近十年发展，教学环境和教学质量大幅度提升。1965 年，当陈涌进入北京中医学院时，这里可谓名副其实的中医最高学府，布道授业者，都是杏林传奇。回顾现代中医史，必定无法绕开这些书写过光辉并且依旧散发着光辉的名字，能够聆听他们的教诲，幸甚至哉！

中医各家学说学科创始人，堪称中医活字典的任应秋先生讲起中医理论，处处透着大家风范；一代伤寒大家，敢在名医林立的东四钱粮胡同内城官医院旁设诊的刘渡舟先生讲起伤寒来，自然是从容不迫；中国工程院院士，应邀为多国首脑治病的董建华先生讲起内科来，端的是一丝不苟；江南神医“臣字门”第四代传人，人称“东方小儿王”的刘弼臣先生讲起中药来，总是循循善诱；国医大师，“太空养心丸”创始人王绵之先生讲起方剂来，平添几分灵动活泼。

当时讲授温病的是清代太医院院长赵文魁哲嗣、集赵氏及御医韩一斋、瞿文楼和北京四大名医汪逢春四家真传于一身的赵绍琴先生，京腔京韵，风趣幽默，深受学生欢迎。有一节课讲到用药问题，赵老师介绍了一则医案，说有位大夫治病，喜欢用犀角、羚羊角、麝香等贵重药材，几剂下来，病人不仅花费甚多，病情也没有明显好转。赵老师就说，这叫“谋财害命”！其实“辨对证了，这就是一两毛钱的事儿，一两毛钱就能治好”。多年之后，赵绍琴先生再次讲到这个病案，“这个大夫你说他他还不爱听呢，他说‘我用的全是好药’。所以这些个没有理论没有知识的庸医杀人。……所以我常告诉我们年轻的，他往东走，走不对头，你别往东了。……你别跟着他走了，他就是瞎子，你还跟着他走?”

在轻松的课堂气氛下，艰涩的理论也都变得轻松简单了。更重要的是，陈涌明白了医生的职责不光是治病救人，用药的贵贱也应当谨慎把握，能用便宜的药就绝不用贵的药，能用几毛钱的药就绝不用几块钱的药。远在古代，中医先贤们对待贫苦患者，往往免费施治。近如当代，几位老师临床中也都有过义诊的经历。所谓传承，岂止是医术，更有医德啊!

2001 年春节前，甲状腺癌术后复发患者孟玉川来到陈涌的诊室，衣衫褴褛，面容憔悴，不时发出沉闷的咳嗽声连同滑腻的痰液在胸腔和喉咙间回响。诊断发现两肺弥漫性栗粒状阴影，已经发生肺转移，近期天冷受寒，病情加重。查其痰多而白，苔薄腻，舌黯红，脉细，乃是肺阴本亏，外邪侵犯，化火伤津，灼津为痰而致。辨其证属痰毒内蕴，久郁化火，治以化痰解毒，养阴清肺为主。一切进行得似乎都很顺利，然而就在陈涌开方子的时候，孟玉川突然变得紧张起来，眼睛里闪烁着不安的神色。直觉告诉陈涌，一定有什么隐情。果然，在陈涌的一再追问下，孟玉川道出了实情。

3 年前，孟玉川与朋友合伙买了一辆货车跑长途运输，起早贪黑，各地奔波，虽然辛苦，但比起种庄稼，收入翻了许多倍。眼瞅着生活一天天好起来，全家人的心情也格外舒畅。天有不测风云，人有旦夕祸福，孟玉川憧憬的美好未来越来越近，他却突然病倒了。检查结果出来后，全家人都傻了眼。为了凑手术费，孟玉川把自己的货车股份转让给朋友。从手术床上醒来后，看着身上切下来的一大块肉瘤，孟玉川觉得黑暗终归会过去，晴天就要重来。他听从医嘱，安心休养，身体似乎也渐渐好了起来。就当他以为可以鼓足干劲重头再来时，不幸再次降临，复查结果显示，甲状腺癌复并发两肺转移!

纵是晴天霹雳，生活还得继续，治疗更不能耽误。然而两年来的治疗耗尽了全部积蓄，他东拼西借凑够了再次手术的费用，已然家徒四壁，负债累累。硬着头皮做完手术后，孟玉川说什么也不同意住院化疗。四处打听，从河北一位货主那里打听到陈涌的信息，带着几分犹豫，他来到了北京。

因病返贫，现实中有太多的病例，与复发转移一样，这是癌友的切肤之痛。抗癌多年的陈涌，体会尤深，她知道，眼前的孟玉川是担心药费。陈涌在保证疗效的基础上，将原本 20 多味的方子，减至 12 味，且都是鱼腥草、鸡内金、天冬、杏仁、百部、北沙参等便宜的药材，连着喝 3 个月都用不了 100 块钱。听了陈涌为他算的账，孟玉川终于放心了，按照医嘱回家过年，天气转暖时再来复诊，病情已经非常稳定。此后，孟玉川连续喝了 6 年中药，花费不到 5 千。2007 年，各项检查全都正常的孟玉川带着妻子和女儿来到陈涌诊室，一家三口向她鞠躬致谢。孟玉川说，如果不是陈涌，这几年下来，甭说病能不能治好，光是经济压力就足以让这个家庭破碎。现在自己身体也好了，女儿也大学毕业了，一家人的生活又有了盼头。

在孟玉川的叙述中，陈涌的思绪仿佛又回到了北京中医学院，老师在黑板上郑重地写下四个大字：大医精诚。他们的一言一行，一方一药，无不体现出高尚医德和济世情怀，又一点一滴，一笔一划，传承给后学。任应秋先生的大家风范，刘渡舟先生的从容不迫，董建华先生的一丝不苟，刘弼臣先生的循循善诱，王绵之先生的灵动活泼，都成为年轻学子们津津乐道的话题，指引着他们在杏林的春天里采撷芬芳，茁壮成长。至今回想起来，陈涌都觉得这是一段幸福的时光。然而，为新中国卫生事业奋斗的豪情还未消退，自上而下席卷全国的文化大革命便拉开了灾难的序幕。

1966 年 6 月，北京中医学院正常的教学秩序受到破坏，学校开始出现大字报，有些同学到校外串联。陈涌原本以为这一切会随着暑假的结束而成为历史，然而混乱在开学之后变得越发严重。文革逐渐迎来高潮，各大高校的造反行动升级，随之而来的文斗、揪斗、武斗愈演愈烈。到了1967年，派性争斗趋于复杂，起初的“保守派”基本被打倒，得势的“造反派”又因为内部理念不一致，分为激进和保守两派，相互争斗。北京的空气中，充满了不安和浮躁，甚至危险。

逍遥派，是那个时代为数不多的旁观者和清醒者，而陈涌正是其中一员。面对汹涌澎湃的革命浪潮，他们选择了图书馆。得益于当时的钻研和努力，许多年后的今天，这批人成为各行各业的骨干。

尽管一部分老师被下放到农村，但这些年轻的岐黄学子并没有自暴自弃，他们自发结成阅读小组，按照既定的教学进度，向着一本又一本中医典籍发起“进攻”。遇到疑难，大家共同思考，遇到争论，大家各抒己见。就在这一时期，陈涌精读了大量医籍，对历代各家学说进行对比研究，融会贯通，学术思想初见端倪。

第二章
继承红军精神，踏上抗癌长征

如果说长征是人类军事史上的一次壮举，那么抗癌无疑是人类健康史上的又一次长征；如果说父辈的长征开创了一个崭新的时代，那么陈涌的长征又将会为我们带来些什么呢？

1970年，从北京中医学院毕业的陈涌，选择了遥远的云南。滇池月落，洱海潮生，陈涌在那里度过了整整十四个春秋。她一手创建中医科，并在治疗乙肝和肝癌领域崭露头角，成为全国第一批晋升主治医师的中医。1984年，上山下乡的知青早已返城多年，陈涌才回到北京。然而，在北京不到一年，她又不顾老师和同学的挽留，再次踏上抗癌长征。

石家庄，又是十四年。在这里，陈涌的医名开始流传。离开石家庄的那天，30多位癌友自发为她送行，72岁的郑大娘握着陈涌的双手说，“陈主任，我这条命是你给的啊！”

回到中国中医研究院，陈涌并没有停下脚步。她一边总结“抑扶平衡疗法”，一边研究新的抗癌战略。最终，陈涌选择了北京安定门中医院，成为无毒抗癌专家组的骨干，扛起了中国式抗癌的旗帜。

经常有人问，什么是红军精神，陈涌以实际行动告诉世人，这就是红军精神！

不知不觉，陈涌已是满头白发。当别人开始羡慕她终于熬成了“名老中医”时，陈涌却说：“我还年轻，正走在抗癌的路上……”

泸沽湖畔苦情歌

如诗如画的名字，神秘诱人的传统，泸沽湖，对于今天的人们来说，无异于洗涤身心的天堂。然而回到四十三年前，又有多少人知道，这里曾经是一片荒蛮。

1970 年，陈涌从北京中医学院毕业，几乎没有挣扎和斗争，她义无反顾地选择了远赴云南，随身只带了一大箱书。在那个动乱的年代，每个人的眼睛都蒙上了一块红布，关于未来，甚至没有想象的空间。云南，对于陈涌来说，只是地图上的一个版块，离北京很远很远。

这是一所县级医院，也是方圆几百里内最大的医院，但是医生并不多，进进出出就那么十几个人。每人都是身兼数职，包扎完了输液，接生完了接骨……这是陈涌第一次亲眼目睹边远地区的医疗现状，也是第一次体会到无助和迷茫。她一边帮着其他医生打下手，一边了解当地风俗，学习当地语言。一个月后，陈涌自觉可以独立接诊，便向院长申请，获得批准后，被分到一间标有“中医内科”的诊室。

1970 年 11 月 23 日，小雪，丽江的空气和往常没有什么区别。上午 10 点多，陈涌正在读李东垣的《脾胃论》，生平第一位患者不期而至。病人 24 岁，生产完不久出现腹痛，最近疼得厉害，连饭都吃不下，小腹还能摸到拳头一般大小的硬块。脉象、舌象都看了，是典型的儿枕痛，方用《傅青主女科》散结安枕汤即可。

现在回想起来，第一次接诊还算顺利，但在当时，可不是这样。陈涌说，把完脉后，手心里全都是汗。病人带着药走了以后，陈涌更加紧张，每天惴惴不安地坐在诊室里，直到5天后下乡巡诊遇见已经康复的病人，心才算安定下来。然而，中药品种短缺的问题，却严重影响着诊疗，不得已，陈涌开始钻研单方。云南盛产三七，陈涌就变着法儿地运用三七。《本草纲目》记载："三七止血，散血，定痛。"《玉楸药解》记载："三七和营止血，通脉行瘀，行瘀血而敛新血。"三七活血不留瘀血，补血不伤新血，内科、外科、妇科都有妙用，李时珍称其为"金不换"，《本草纲目拾遗》称其为"补血第一"，在陈涌手中，更是成了万用良药，解决了不少常见病和疑难杂症。

很快，陈涌的业务能力就得到了医院领导的赏识和当地群众的欢迎。为了改善医疗资源匮乏的局面，陈涌向院领导请示，着手创建中医科。院领导研究认为条件不允许，就把请示件退了回来。陈涌没有气馁，三天后，她又把请示递了上去。这一次，她写了完整的方案，医院领导也终于同意了她的请求。一个药柜，一张诊桌，一张诊床，两把诊椅，一方脉枕，这个麻雀虽小五脏俱全的中医科就算成立了。

转眼一年过去，中医科的病人多了起来，中药采购量不足又成了大问题。医院经费紧张，陈涌甚至把自己的补助拿出来买中药。山区交通不便，群众就诊困难，医院会定期组织医生下乡巡诊，陈涌发现这是个好机会。她边巡诊边采药，几年下来，把方圆百里的山头采了个遍，不仅为医院节省了资金，对于药性的认识也更为深刻。随着临床经验的积累，陈涌开始在乙肝和肝癌诊疗领域崭露头角，成为全国第一批晋升主治医师的中医。

1972年秋天，陈涌下乡巡诊，途中遇见一个藏族小女孩，背着竹篓，游移在红的山花绿的野树间，宛如飞舞的蝴蝶，为沉寂的高原平添了一抹灵动。小女孩名叫卓玛，她说父亲总是吃不下东西，连酥油茶也不愿意喝，身体越来越瘦，没有力气干活。半年前，有位活佛路过这里，告诉她采珠子草给父亲煮水喝。但是最近几个月，卓玛父亲的身体又开始变坏。

根据描述，陈涌猜测这位父亲很可能是患了乙肝，而且已经发展到比较严重的程度。跟随卓玛轻盈的脚步，半个小时后到了卓玛的家里。打开门，映入陈涌眼帘的，是一种无以名状的苍凉。屋里潮湿，阴暗，散发着木头腐败的霉味，不时有风从墙上和屋顶的缝隙吹进来，仿佛在诉说无边的苦难。火盆锅碗散乱地堆放在屋子正中的空地，不远处是一张床，油腻的被褥中蜷缩着一个头发如杂草般的人。看见卓玛带人进来，他勉强坐起身来。他曾经应该是一位矫健的藏族汉子，有着坚硬的轮廓和匀称的五官，现在却面容焦黄，颧骨突出，眼睛深陷，表情木讷，明白陈涌的来意之后，神情才有所缓和。

他叫平措，8 年前身体开始变差，症状和现在相似，但没有这么严重。平措告诉陈涌，妻子比自己小 7 岁，10 年前出现相似的症状，2 年前已经去世。说到妻子去世时的情形，平措的脸上再次布满了痛苦和恐惧。

陈涌说，今天她依然能感受那种深深的绝望——看着妻子被病痛折磨，一步步走向死神，却无能为力；而后有一天，自己陷入同样的挣扎，直到被死神吞没。看得出来，这件事对陈涌的触动很深。

然而，那时候的陈涌不过是一个刚毕业的学生，根本就没有什么临床经验。她只能诊断出是肝部病变，一种特殊的肝炎，倾向于癥瘕，至于如何治疗，确实没有主意。根据父女两人的描述，平措在服用珠子草后，病情有所缓减，可是一直不能稳定。陈涌当时猜想，珠子草可能对这个病有作用，只是用法不对。一直忙着坐诊、巡诊，陈涌并没有太多时间来深入研究这个问题。到了冬天，陈涌巡诊时经过这里，平措已经去世，卓玛去了亲戚三十里外的舅舅家里，只剩下那间破败的木屋，在略显干燥的北风中，瑟瑟发抖。附近的村民说，平措去世的那天夜里，痛苦的喊叫声在整个山谷回荡。

陈涌说，这可能是她进入乙肝领域的直接原因。

随着临床经验的积累，陈涌对于乙肝的认识越来越深，运用脾胃论观点，总结出乙肝3期5型，即早期肝胆湿热、肝郁脾虚，中期肝肾阴虚、脾肾阳虚，晚期瘀血阻络。辨证分型的明确，直接提升了临床治疗效果。但是，同样的证型，同样的治法，经常出现不同的预后情况，一个巨大的疑问，在陈涌的脑海萦绕，是用药的原因吗？

毫无头绪，陈涌来到医院后面的山坡上。初夏的风拂过田野，柔软的云朵映入眼帘——宁静，是高原最动人的景致，是人世间所有美的极致。不远处，一只蝴蝶飞过，陈涌想起了卓玛——珠子草！这是一种分布在南方的植物，也叫叶下珠、珍珠草、龙珠草，各地叫法不一，植物也略有区别。《本草纲目拾遗》记载："叶背生小珠，如凤仙子大，累累直缀，经霜辄红……治小儿百病，及诸疳瘦弱眼欲盲，皆效。"可见，古代医家曾用来治疗消化类疾病和眼病。中医认为，眼病多与肝有关，而肝是人体最大的消化腺，平措服用珠子草又确实有一定效果，这些联系，使陈涌意识到，叶下珠很可能是乙肝的特效药。

接下来，陈涌以叶下珠为主要配方，对多种证型的乙肝进行治疗，都收到了理想的效果。尤其是中晚期乙肝，疗效大为提升。到了1988年，国外医学杂志上刊登了美、印学者联合报道的叶下珠治疗慢性乙型肝炎病毒的HBsAg转阴率达到59%，陈涌才知道，自己当初的发现是多么重要。

临床上，乙肝晚期由肝硬化转癌的几率非常高，所以陈涌也接触了大量肝癌患者。1975年8月，患者戴明远连续多日上吐下泻、便血、乏力、低热，前来就诊。陈涌切脉，发现弦滑有力，认为是肝癌，以肝肾阴虚证论治，2周后体温恢复正常。4个月后，戴明远到市里检查，证实为肝癌中期，癌瘤已缩小到1.8cm×1.5cm，恢复情况良好。这是陈涌收治的第一位癌友，1984年当她离开云南时，戴明远带着全家老少12口人送别。

1977年，高考恢复，知青开始蠢蠢欲动。1978年，云南知青率先发出返城呼声。1980 年，胡耀邦提出不再搞上山下乡之后，全国迎来了知青返乡潮。没过多久，留守云南的知青便只剩下几千人。看着云南几十万知青大军返城的背影，陈涌也曾有过动摇，但是，这里还有未竟的事业，她说："中医药特别适合边远地区，一个是有效，再一个是廉价。我就是想把这个中医科给做起来，做好，别因为我一走，就没人管了。"

滇池月落，洱海潮生。迫于结婚成家的压力，最终调回北京时，当初年仅二十四岁青春年少风华正茂的陈涌，已经三十八岁。整整十四年零五个月的青春，都留在了云南！

桥西妙手起沉疴

一别经年，北京的变化很大。新婚燕尔，既定的仪式完成。面对北京浓厚的中医学术氛围，回想云南缺医少药的情景，陈涌丢下一句"基层更需要中医"，便不顾丈夫的反对和老师、同学的挽留，毅然决然地再次踏上抗癌长征。

经常有人问，什么是红军精神，这就是红军精神！

1985 年的夏天，陈涌来到位于北京西南 283 公里的石家庄，在桥西医院担任中医科主任。

石家庄是河北省省会，桥西区是石家庄的行政中心，桥西医院担负着数十万人的医疗卫生保障工作，但在当时，中医科工作开展得并不顺利。陈涌把相关档案调来，找医院负责人和老员工了解情况，发现问题出在服务和疗效方面，归根结底是疗效。陈涌说："患者是来看病的，你看不好，自然就没人找你了。"

陈涌总是强调疗效，即便到了普遍提倡医疗卫生服务的今天，依然坚持自己的看法。对于近年开始流行的医院豪华装修现象，陈涌颇有微词。她说："我们讲服务，应当是以疗效为基础的服务。光凭环境舒适就能留住患者，五星级酒店是不是得住满病人？光凭导医优雅就能赢得患者，礼仪小姐是不是要替代护士？疗效，关键还是疗效！你有疗效，患者才会信你，才会夸你。因为身体是他自己的，好不好他自己最清楚。”在陈涌的带领下，石家庄市桥西医院中医科很快扭转了经营局面，患者越来越多。大家都说找陈主任看病，管用，放心。

1986 年 5 月，一老年患者来就诊，主诉便秘 8 年，一周一便，每次耗时半小时，甚至更久，同时小便频数。用药无数，滋阴、泻下、补益、润下各种方法试遍，开塞露、甘油栓全都用过，不见好转。现在睡眠差，饮食差，心情抑郁烦躁。陈涌诊之，舌苔薄滑，脉细微弦，实因便秘日久，未能及时好转，脾胃功能严重失调所致，于是拟方白术 90 克，生地黄 60 克，升麻 3 克。无奈久病成医，老人一看方子只有 3 味药，不由皱起了眉头。陈涌明白他的心思，看了一眼墙上的钟表，已是下午 4 点，便和老人打赌，“如果愿意的话，您可以住院一晚上，如果有效，您就接着喝我开的药；如果无效，我亲自带您到北京去找我的老师看。”

或许是想见识一下这位医生的本领，或许只是想早日摆脱便秘的折磨，老人选择了住院。陈涌立刻安排药房熬药，给老人服下。第二天早上 5 点多，老人发出一阵肠鸣，矢气频作，便意迫肛，急往如厕，大便豁然而下。

等到陈涌上班后，老人迫不及待地跑去告诉她，不用去北京了！回家后，老人继服 30 剂，便秘痊愈。自行观察 1 月，未见复发，遂带着新摘的两大筐雪梨赶到桥西医院。见到陈涌时，老人激动得热泪盈眶，因为直到此时此刻，他还是无法明白，为什么治了这么多年都没有治好的便秘，到陈涌这里，3 味药就解决了。

陈涌告诉他，这是魏龙骧老先生的验方，以性燥的白术为主方，别出心裁，收到奇效。《伤寒论》中曾载去桂枝加白术治疗便秘，苦于没有方解，历代医家莫衷一是。到了清代，《本草思辨录》才说“皮中之水不当留而留，水府之水当留而不留，脾不举其职，而肠胃与膀胱之传化乖矣。去桂加术，则小便节而本有之津液不随之而亡，亦脾职复而后至之津液可由是而裕”。可见此症是因脾阳失运，肠胃与膀胱传化失司所致。本方重用生白术健脾益气恢复脾之运化，生地黄润燥生津濡润肠道，辅以升麻升清降浊助力排便，力求治本，着实精妙。其实，李东垣在《脾胃论》中也曾指出，“治病必求其源，不可一概用牵牛巴豆之类下之。”

刚到石家庄那几年，陈涌主攻癌症之余，收治了大量疑难杂症患者。由于思路缜密，用药大胆，许多绵延多年的顽疾，到了陈涌手里，数剂便除，旬日即愈，老百姓都称她是活神仙。陈涌却只是淡淡一笑，她把这一切都归功于中医的博大精深，她说：“只要用心体会，中医总是会带给人惊喜。”

有人说谦虚是一种美德，有人说谦虚是一种智慧，对于陈涌，谦虚更像是一种责任。这种谦虚，源自对中医的虔诚；这种虔诚，源自对中医的信任；这种信任，源自对中医的了解；这种了解，源自对中医的热爱。顺理成章，陈涌出名了，在石家庄地区说起“桥西妙手”，可谓妇孺皆知。不过，真正让陈涌名声大振的，还是她在癌症领域的突破。

云南时期，陈涌已经接触到一部分肝癌病例，并且积累了一定的诊疗经验。而在河北，人口密度远远高于云南，受地理环境和生活方式影响，癌症发病率和发病人数双高，接诊的癌症患者也日渐增多。80 年代，我国的癌症治愈率很低，一方面是由于治疗水平差，另一方面是检查诊断水平落后，所以，凡是来诊治的，多已到了晚期，凡是到了晚期，医生大多都已无能为力。面对癌症患者确诊后绝望无助的眼神，剧痛时撕心裂肺的哭喊，看在眼里疼在骨髓的感受，岂止亲友可知?!

客观来讲，癌症在 21 世纪以前，是名副其实的绝症。或许有人会认为这是危言耸听，但这的确是边远落后地区癌症诊疗局面的真实写照，陈涌在基层抗癌多年，深有感触。对于农村地区的百姓来说，患上癌症就意味着只剩下死路一条。所以许多患者到最后干脆就不治疗了，疼得厉害时就打杜冷丁。上世纪八、九十年代，杜冷丁经常短缺，患者就只能咬牙忍着。忍不住就哭，就喊，把被子揪得稀烂，用头撞墙，咬人，实在无法忍受，甚至选择自杀。陈涌说，没有什么比眼睁睁等死更让人揪心的事情了。

每一天都要亲眼目睹各种各样的生离死别，纵然铁石心肠，也无法泰然处之，更何况济世为怀的医生呢？必须尽快找出解决的办法！

陈涌从实际情况出发，首先将癌痛作为攻关重点。“不通则痛”，“不荣则痛”，中医对于疼痛病因病机的认识，同样适用于癌痛。痛有虚实之分，不通乃实，不荣乃虚。所谓不通则痛，多因热毒蕴积、寒邪凝滞、气机阻滞、热邪壅遏、湿热蕴蒸、痰湿胶结等导致气血脉络瘀阻而致疼痛发生。所谓不荣则痛，多因阳气亏虚、营血不足、津液亏损、精气耗竭等导致脏腑经脉失养而致疼痛发生。癌症多属正虚邪实，癌痛常见虚实兼挟，因此在治疗上，应根据虚实，辨证论治。

《灵枢·本神》曰：“所以任物者谓之心。”《素问·至真要大论》曰：“诸痛痒疮，皆属于心”，“心燥则痛甚，心寂则痛微”，“痛则神归之”。这就是说，人的各种感觉都是心感受刺激传导后发生的反应，疼痛自不例外。因此，治疗癌痛，应以调神为主，令气易行，以意通经，使气机条达，血脉调和，通则不痛。《医学真传·心腹痛》曰：“然通之之法，各有不同。调气以和血，调血以和气，通也；上逆者使之下行，中结者使之旁达，亦通也；虚者助之使通；寒者温之使通。”这就是说，“通”的方式千变万化，在治疗上应当灵活运用。

通过不断研究和总结，陈涌将癌痛实证分为6法论治，以附子、细辛等药祛风散寒止痛，以乳香、红花等药活血散瘀止痛，以薤白、木香等药行气导滞止痛，以贝母、僵蚕等药化痰燥湿止痛，以半枝莲、蒲公英等药清热解毒止痛，以龙骨、远志等药安神固涩止痛。虚证分为4法论治，以党参、黄芪等药补气虚止痛，选用以当归、白芍等药补血虚止痛，以麦冬、黄精等药补阴虚止痛，以杜仲、续断等药补阳虚止痛。

结合这一时期癌症患者不积极接受治疗较为普遍的情况，陈涌提出以预防为主的观点，根据癌痛发生规律，提倡癌症患者提前服用中药，取得了良好的效果。同时，陈涌积极探索中药内治外用并施以及针灸治疗癌痛的规律和疗效，赢得了大量癌症患者的信任。更为重要的是，切实的治疗效果帮助癌症患者树立了积极面对癌症的观念和信心，进而寻求治疗，极大地提高了当地的癌症治愈率。桥西区某驻军政委曾经饱含深情地说："陈涌救了很多人啊，要不是她，许多人还不知道癌症是可以治好的。"

国家卫生计生委副主任兼国家中医药管理局局长王国强慰问陈阳和时曾说："中医讲传承，不光是医术的传承。从陈老身上的红军精神，到陈涌身上的抗癌精神，也是一种传承。"

陈涌的回答是，"我就把抗癌当作长征，走下去，一定有胜利的那天！"

重回中医科学院

当你为梦想耕耘的时候，时间会变得格外勤快。

一晃又是14个春秋。1999年，中国中医科学院门诊部筹建肿瘤科，陈涌奉调回京。

离开石家庄的那天，30多位癌症患者自发来到车站送行，有的带着家乡特产，有的带着手工艺品，整整塞了3大包。72岁的郑大娘握着陈涌的双手说："陈主任，我这条命是你给的啊！"原来，郑大娘10年前查出胃癌，被宣判死刑，后经陈涌治疗，不仅越活越健康，前年还参加了她孙儿的婚礼。

车轮撞击轨道，发出激越恢宏之声，陈涌忍不住转过头来回望，那渐行渐远的苍茫大地，不时有雄鹰掠过。陈涌明白，这是一条只能向前的抗癌之路，当中医肿瘤学已经来到第三代，她们这批人，必须要为世人留下些什么。斜晖透过车窗沐浴全身，耳边仿佛响起了中医肿瘤学第一代和第二代掌门的嘱托。

20世纪60年代，中医肿瘤研究和临床工作刚刚起步。1963

年，为了改变癌症诊疗落后的局面，发挥中医药治疗癌症的特色，研究癌症的中医诊疗方案，在党中央的指示下，新中国第一个中医肿瘤科在广安门医院成立。王赫焉、段凤舞、余桂清、张代钊等老一辈肿瘤专家开启了中医抗癌的拓荒工作。整个70年代，中医工作者积极响应党和政府号召，进行了大量中医药治疗癌症的尝试和研究工作，逐步确立了基本的辨证规律、分型方法和治法治则。到80年代，癌症的中医防治工作已经取得一批成果。

在北京，余桂清、朴炳奎等人完成猪苓多糖注射液治疗肺癌、六味地黄丸预防食管癌等多项国家攻关课题。在上海，刘嘉湘等人组织扶正法为主治疗晚期原发性非小细胞肺癌等的临床及实验研究。在广州，周岱翰等人展开清肝消癥丸治疗原发性肝癌的研究。在石家庄，陈涌等人探索补中益气法治疗中晚期癌症的机理……

可以说，正是这一时期的突破，为21世纪中医肿瘤学的全面繁荣乃至中国式抗癌的崛起，奠定了坚实基础。所以，当陈涌终于回到记录着儿时美好时光的中国中医研究院，她所面临的，是一艘鼓满风帆即将起航的大船。用陈涌自己的话说，就是“赶上了好时候”。

时间来到千禧前夜的1999年，由余桂清教授牵头的中医肿瘤攻关工作进入成熟期，在肿瘤界影响深远的“抑扶平衡疗法”逐渐浮出水面。

中医认为，维系人体阴阳平衡是健康的根本所在，也是防治疾病的不二原则。历代医家，无论何门何派，无论其理论如何迥异，无论其手段如何特别，最终目的，都不会脱离调整阴阳平衡的范畴。金元四家，寒凉、攻下、补土、滋阴并立，活人济世，各有千秋，不过是病因病机的理解不同和治法治则的施用不同而已。放眼中医千年，伤寒、温病之流相承迭起，六经、三焦之辨互补交融，莫不如此。

概括来讲，实现阴阳平衡是人体健康的根本需求，也是中医追求的终极目标，不同的学术流派或治疗方法，都是实现这一目标的途径。具体到医疗实践，中医抗癌，可谓最直接、最形象的诠释。

现存最早的中医理论著作《内经》，记载了伏梁（相当于胃部肿瘤）、肠覃（相当于肠道肿瘤）等病症，尤其是关于肠覃的论述，直教人惊叹两千年前的解剖学已经如此发达！《灵枢·水胀》曰："寒气客于肠外，与卫气相搏，气不得荣，因有所系，癖而内著，恶气乃起，瘜肉乃生。其始生也，大如鸡卵，稍以益大，至其成，如怀子之状，久者离岁。按之则坚，推之则移。"病因病机、传变特点、瘤体性状之论说，何其精准！

根据统计，《内经》共讨论了水瘕、石瘕、血瘕、肥气、息贲、贲豚、筋瘤、肠瘤、昔瘤等十几种疾病，可以归为积聚、瘕瘕和瘤3大类，既有良性肿瘤，也有恶性肿瘤，后者，就是我们通常所说的癌症。对于癌症的病因病机，《内经》提出了比较全面的看法，认为主要由外感寒邪、七情刺激、饮食不节和起居失常等引起。此后，关于肿瘤的记载散见于《三因方》、《医学入门》、《肘后备急方》、《诸病源候论》、《济生方》、《外科正宗》、《妇人良方》、《疡科心得集》、《外科大成》、《疮疡经验全书》、《千金要方》、《医宗金鉴》等大量医籍，共计有石瘿、噎膈、癖黄、肺积、失荣、失营、乳岩、乳石痈、肾岩、脏毒、痔菌、翻花疮、茧唇、舌菌、五色带下、上石疽等数十种病名，基本上涵盖了常见癌种。

公元1170年，北宋东轩居士所著《卫济宝书》一书记载"痈疽五发，一曰癌……"，中医史上首次运用"癌"字。大约一百年后，南宋杨士瀛撰《仁斋直指附遗方论》，第二十二卷专门讲癌，曰"癌者，上高下深，岩穴之状。颗颗累垂，裂如瞽眼，其中带青，由是簇头，各露一舌，毒根深藏，穿孔通里。男则多发于腹，女则多发于乳，或项或肩或臂，外证令人昏迷"，关于癌瘤特征的描述与现代意义上的癌症基本一致。

我国古代，字、音、义的使用比较复杂，许多不同的字往往表示同一个意思。与癌通用的有嵒、巗、岩，均读作“yán”。由于使用“岩”字的医家更为广泛，其最终成为中医术语，专指体表恶性肿瘤，如肾岩相当于阴茎癌，乳岩相当于乳癌，舌岩相当于舌癌，等等。

有人质疑中医古代对癌症的认识过于片面，如“岩”仅相当于体表类的恶性肿瘤，甚至据此认为“岩”不过是痈疽一类的外科或皮肤科疾病，其实大谬特谬。且不说《内经》就已提及癥瘕、积聚和瘤，通过对历代医籍的整理和总结更可发现，在此之外，尚有瘿、疽、疮、菌、核、包等类别，对应不同部位和不同表现形式的癌症。所以恰恰相反，中医很早以前就对癌症有着更为精细的分类和更为深入的研究。

然而，由于医疗条件落后等原因，古代并没有形成完整的癌症诊疗体系，这一点，倒与现代医学相似。《素问·腹中论》曰“不可治，治之每切按之致死”，明代《古今医统大全》将肿瘤归纳为五瘿六瘤，指出“其间肉瘿、石瘤攻治尤所不可，惟气瘿粉瘤之类，可以服药而痊”。能治或不能治都说得很清楚，从另一个侧面，也可以看出中医自古以来实事求是的科学态度。因此，直到广安门医院肿瘤科创建，严格意义上的中医肿瘤学科才算诞生，中医抗癌得以步入快速发展的轨道，并由此催生出多种治疗体系。到20世纪末，中医抗癌初具规模，观点多样，流派纷呈，“抑扶平衡疗法”作为其中一支，以其团队权威、言说有理、特点显著、疗效确切，倍受瞩目。

陈涌当时的主要任务，就是在已经完成的前期工作基础上，做最后整理和完善，确立相对完整的理论体系和治疗流程。“抑扶平衡疗法”创始人是陈涌的业师余桂清教授，凝结了中医研究院几代人的心血，其核心是抑制肿瘤、扶助正气、平衡阴阳。

抑扶平衡疗法发挥中西医结合治疗肿瘤的优势，遵循局部与整体相结合、扶正与祛邪相结合、中医与西医相结合原则，全面调动机体自身的免疫功能，逐步实现全身阴阳的动态平衡，从而遏制肿瘤的生长、复发和转移。临床应用多年，在延长带瘤生存期、改善生存质量几个方面的成绩，有目共睹，也因此，整个研究团队开始受到肿瘤界的强烈关注。作为专家组组长余桂清的弟子，陈涌本来有机会留在这个团队，她的学术前景可谓一片光明。然而，再次出乎人们意料的是，陈涌选择了无毒抗癌，选择了离临床更近的安定门中医院，将全部精力投入到中国式抗癌的滚滚洪流。

后来有人问过陈涌，这样做的原因究竟是什么，她说："当时中医抗癌还是有局限，属于滞后性的，就是说呕吐、吃不下饭、头晕甚至焦虑等副作用出来以后，癌友已经开始遭受痛苦，才有对策。如果达到前瞻性，那癌友不是就可以免受痛苦了吗?"出于这样一个简单而又美好的愿望，陈涌开始寻找新的方法，正好这时候，无毒抗癌出现了。

今天来看，中医肿瘤学第一代在余桂清这里，第二代在朴炳奎这里，到陈涌这里，算是第三代。从最早协同手术和放化疗，做一些弥补性的工作，到后来配合放化疗减毒增效，再到目前形成完整的治疗体系，三代人的学术研究相互交叉，向前发展，为中国中医研究院这块金字招牌，增添了不少光彩。

人世不禁白发多

许多伟大的研究成果都源自突发奇想，在中医抗癌的过程中，陈涌也曾经灵光一现，澄清了长久以来大众乃至医学界关于"望而知之谓之神"的误解，对《难经》六十一难问答截然相反的情况作出了合理的解释，被中医文献权威余瀛鳌称为"白头之见"。

余瀛鳌说："这个不简单啊！许多医史专家穷经皓首，研究一辈子也没能弄明白的事情，居然被你这个业余选手给破解了。"文献专家认为这是很了不起的成绩，陈涌却认为自己以外行的身份探讨医史文献问题，相对比较大胆，误打误撞才得出一个比较新鲜的观点。然而学术上的东西，又岂是光凭大胆就能办到呢?

我们不妨看看深得余瀛鳌教授称道的这个“白头之见”，蕴含了多少功夫。

中医强调跟名师，读经典，跟名师能够积累经验，读经典可以丰富理论。中医有四大经典，《难经》是其中之一，相传为扁鹊所著，后世考证成书于东汉时期。“难”指问难，“经”指《内经》，也就是通过问答的形式来探讨《内经》中的难点和疑点。全书八十一问，因此也称《黄帝八十一难经》。通常，《难经》中的问答都是一致的，相关内容多数也可以在《内经》（分为《灵枢》《素问》两部分）中找到相同或相近的描述。但是，第六十一难却出现了所答非所问的现象，原文如下：

曰：经言，望而知之谓之神，闻而知之谓之圣，问而知之谓之工，切脉而知之谓之巧。何谓也？

然：望而知之者，望见其五色，以知其病。闻而知之者，闻其五音，以别其病。问而知之者，问其所欲五味，以知其病所起所在也。切脉而知之者，诊其寸口，视其虚实，以知其病在何脏腑也。经言，以外知之曰圣，以内知之曰神，此之谓也。

问难将中医望闻问切四诊划分为神圣工巧四个等级，而在中国传统文化中，“神”乃至尊，有点超脱人类、位列仙班的意味。其次为“圣”，代表技艺或德行达到了人类的极致，如诗圣杜甫、武圣关羽、酒圣杜康、茶圣陆羽、词圣苏轼、书圣王羲之、画圣吴道子、草圣张旭、史圣司马迁、文圣欧阳修、曲圣关汉卿、乐圣李龟年、棋圣黄龙士，还有医圣张仲景。

现在我们常说“上工治未病”，上工已属难得，何况“神”呢？由此断章取义，将“望”“闻”神化，出现招摇撞骗的现象。正直者苦于拿不出辩驳的证据，忍气吞声，客观上助长了这种丑恶风气，不得不说是一种遗憾。究其原委，读书不精之故。

六十一难的回答已经非常明确，“以外知之曰圣，以内知之曰神”。视色闻声者，以外知之；问因切脉者，以内知之。至此，真相大白。细看全文不难发现，“望”“知其病”“闻”“别其病”，相当于今天所说的诊断和鉴别。CT、核磁共振等检查设备刚出现的时候，也曾经披着神奇的外衣，但当医学不断发展，发现这些不过是基础而已。光有检查确诊而不清楚发病机制，别说康复，治疗都无从谈起。于是，我们还需要“问”“知其病所起”“切”“知其病所在”，病因病机都明确了，遣方遗药水到渠成，自然可以效如桴鼓。

至于问答相反的原因，熟悉国学者，一辨即知。经文传变，脱简散佚，出入在所难免，更有伪书存世，孰真孰假，非下一番功夫不能明了。今天所见之《内经》，战国时期当有两种以上版本行世，其真伪在当时即有争论。六十一难恰恰是去伪求真，从这一角度看，《难经》可以算是辟谣之作了。

如果我们继续挖掘它的背景，可以发现，战国时期的医巫分化尚未完成，祝由仍有市场，正统的医学自然要对这种现象进行纠正。所谓祝由，指借符咒禁禳来治疗疾病的方法，历代医家及国学工作者多有考证，认为祝即是巫。其实不然，准确说来，祝属于巫，巫包含祝。

巫在古代尤其先秦时期，乃神职官员，由上知天文、下懂地理、中晓人事的高级知识分子出任，有着非常崇高的地位，在祭祀、祈福等国家活动中，扮演重要角色。巫按照具体工作职责分为众多种类，祝是其中一种。现在的研究一般认为，医起源于巫。作为巫的一个分支，由于其本身的功能倾向于医，祝进入医的体系。从西周开始，医巫进入了漫长的分化期，在这个过程中，祝由渐渐从医学剥离，从《素问·移精变气论》的论述，可见一斑。

黄帝问曰：余闻古之治病，惟其移精变气，可祝由而已。今世治病，毒药治其内，针石治其外，或愈或不愈，何也？岐伯对曰：往古人居禽兽之间，动作以避寒，阴居以避暑，内无眷慕之累，外无伸官之形，此恬淡之世，邪不能深入也。故毒药不能治其内，针石不能治其外，故可移精祝由而已。当今之世不然，忧患缘其内，苦形伤其外，又失四时之从，逆寒暑之宜。贼风数至，虚邪朝夕，内至五脏骨髓，外伤空窍肌肤，所以小病必甚，大病必死。故祝由不能已也。

这段话的大概意思是说，古人用祝由就可以治病，而现在针药并用，也经常出现不能痊愈的情况，黄帝觉得很奇怪，就希望听听岐伯的解释。于是，岐伯就做了一通分析。他说远古时期的人们生活简单，需求简单，劳作发热就可以御寒，穴居遮阴就可以避暑，内心不会受制于欲念，身体不会受累于奔波，恬静淡泊，精神内守。这样一来，就会远离邪气，即便邪气侵入，也不过触及皮毛，而无法深入内在，所以治疗起来比较简单，通过祝由让精气归位就好了。岐伯接着说，到了现在，环境变得复杂了，人也受到影响，身心俱疲，再加上不注意保养，虚邪就会侵入五脏骨髓，内外俱伤。此时，小病往往转变为大病，大病往往致人死亡，依靠祝由，就没有办法解决问题了。

恶劣的生存条件带给“往古”之人的不仅是威胁，还有三种状态——时刻处于动的状态，气血通畅；经常处于半饥饿状态，肠胃清净；长期处于没有杂念欲望的状态，精神内守。现代的养生学告诉我们，这三种状态都有助于预防疾病。所以，“往古”之人身体健康，偶尔生了病，用祝由就可以治好。事实上，这里所谓的治好，并不排除自愈的可能。

这样一看，我们就明白了，原来《内经》是在评价祝由的效果，根本比不上针药汤液，只不过反证而已。祝由之后，《素问·移精变气论》切入正题，开始讨论色脉、针药。

因此，六十一难甚至整部《难经》都包含着对《内经》真伪的鉴别，对大众错误认识的纠正，“望而知之谓之神”是典型的伪说。如果任由这些伪说流传，祝由之流便可能甚嚣尘上，污染医学发展的主流。这一点，不仅是陈涌对中医文献的贡献，更是对中医的贡献。

正统中医从来都反对“神化”自己，然而杏林之大，总有个别害群之马败坏辱没中医名声。直到今天，不时跳出所谓的“神医”在吹嘘“望而知之”。“他们哪是神医，简直是神棍啊!”对于这些医学败类，陈涌一向都不客气，她指出：“望闻问切，缺一不可，所以叫四诊合参，对于中医来说，是必备的基本功。对于医生来说，医德更是第一位的。心术不正，技艺难精，任何一位有医德的医生，都会从根本上去避免和杜绝失误。如何避免和杜绝？那就是四诊合参，内外共甄，舍此别无他法。”

陈涌认为，中医几千年来不断发展变化，有些内容被淘汰了，有些越发完善。比如中医诊断，在望闻问切的基础上引进现代医学的诊断方法和数据作为参考，大大提高了准确性。远程会诊等医疗活动囿于医疗条件，不得已而为之，也是望诊和问诊配合，必要时还要借助其他检查结果。即便皮外科一望便知其症，若要做到病机明确对症治疗，非依赖“问”、“切”不可。可笑的是，江湖术士揣摩大众心理，竟把这入门本领装扮成玄之又玄的“神术”！

仿佛是在印证那句“白头之见”，不经意间，陈涌的头发已经花白。然而出入诊室上下楼梯迎送患者时轻盈有力的步态，有谁能够相信她已年近古稀？坐在陈涌面前，凝视如花绽放的笑容，又有谁不羡慕她的养生有道、鹤发童颜呢？

不同于杜少陵“人生七十古来稀”的叹息，有别于苏东坡“多情应笑我早生华发”的感慨，陈涌说：“我还年轻，我还走在抗癌的路上。”

第三章
师承肿瘤泰斗，成就抗癌传奇

几乎一夜之间，陈涌的名字就在肿瘤界变得炙手可热。对于医生而言，她是半路杀出的“程咬金”；对于癌友而言，她是从天而降的“活菩萨”。当人们将羡慕和赞美一股脑投向这位年近古稀却依然“活蹦乱跳”的抗癌传奇人物时，又有谁知道，霜染的两鬓下，那些不经意的皱纹里，隐藏了多少悲欢，多少心血。

广安门，老北京外城七门之一，曾经有过繁华，有过喧闹，最终被历史的潮水淹没。时至今日，广安门高高耸立气象威严的城楼早已不复存在，雪花纹银铺就的青石大道也被宽阔平坦的高速公路代替，依旧留存着传统风韵的，恐怕只剩下广安门医院的岐黄之术。

1963年，段凤舞、余桂清、张代钊等人在此创建中医肿瘤科。半个世纪过去了，随着中医抗癌的崛起，广安门再度走入大众视线。

中医对癌症的认识和治疗由来已久，但真正建立现代意义上的中医肿瘤学科，却是从余桂清开始，他也被视为中医肿瘤学第一代掌门。到90年代末，朴炳奎逐渐成为中医肿瘤学第二代擎旗者。而如今，当中医肿瘤学来到第三代，作为余桂清的弟子、朴炳奎的学生，陈涌肩上的使命和责任之重，可想而知。

几多情系广安门

天子脚下，紫禁城前，千年风物，几度繁华。中国四大古都，北京得天独厚，能让人记忆和说道的东西太多太多，最核心的，无疑是皇城文化。城池宫阙，帝王将相，就算风吹雨打，烟消云散，依然有数不清的故事，如一扇扇虚掩的门，等待着那些归来或远去的人，推门而入，继续讲述，继续聆听。

说起门，就不能不提城门。城门不仅是出入城市的通道，还有防御、装饰等功能，是皇城文化的重要代表。“内九外七皇城四”，说的就是老北京内城、外城和皇城的城门。广安门是外城七门中的西门，建于明代，当时叫广宁门，也叫彰仪门。到了清朝，成为各省陆路进京必经通道，官商云集，店铺林立，民间戏称“一进彰仪门，银子碰倒人”。雍正年间，修筑连接宛平的石板路，仅广宁门到小井村全长1500丈路段，便花费白银八万两，号称“一尺道路五两三”。乾隆年间，国力日盛，南方各省空前富庶，高官巨贾，赋税银粮，都藉由广宁门入城。乾隆年间，仿永定门城楼加以改建。道光年间，为避宣宗旻宁之讳，改名广安门。

19世纪末，随着清廷的衰落和现代交通的崛起，广安门的地位逐渐下降，终成可有可无之物，风残雨蚀，躲在夕阳晚照中回味远去的光景。1937年7月26日爆发的“广安门事件”，可能是这座城门最后一次闪光。1956年，因“年久失修、阻碍交通”，广安门被彻底拆除。

有人说传统不死，当文化一次次回流，我们有理由这样相信。但是面对利益之剑的暴力肢解，我们又不得不心存疑虑。时至今日，广安门高高耸立气象威严的城楼早已不复存在，雪花纹银铺就的青石大道也被宽阔平坦的高速公路代替，依旧留存着传统风韵的，恐怕只剩下广安门医院的岐黄之术了。

某种程度而言，中医肿瘤史就是中国中医研究院的肿瘤史，广安门医院肿瘤科，就是这段历史的舞台。半个多世纪以来，这里涌现出一大批享誉世界的中医肿瘤专家，而作为广安门肿瘤科创始人之一的段凤舞，尤其为肿瘤界所共重。提到段凤舞，就不能不提他的父亲段馥亭。事实上，中医肿瘤史的鼻祖，正是此人。

段馥亭生于1891年，年方弱冠便悬壶京城，每每立起沉疴，深受百姓爱戴，几年间医名鹊起，号称京城四大名医，是当年北京城外科三大名医之一。段氏祖传中医外科，自然也精于癌症。《周礼·天官》将医生分为食医、疾医、疡医和兽医四大类，其中疡医就是外科医生，主治肿疡、溃疡、金创和折疡。到了汉朝，疡科初具规模，此后历朝发展，至晚清达到顶峰。期间疾病范围有所变化，并最终形成疮疡、痈疽、瘿、瘤、岩等几大类，几乎全都囊括现代意义上的肿瘤。在日本和朝鲜，至今仍将肿瘤学称为肿疡学。

正是有这样的背景，段凤舞专攻肿瘤，才取得了令人惊叹的效果。1990年，中国大陆晚期胃癌的五年存活率平均30%，而在段凤舞老先生手下，却能达到55%以上。我们知道，日本是治疗胃癌成绩最好的国家，这项数据也不过51%而已。

北京中医学院的杨春树教授曾患脊髓癌，病情非常严重，医院能采取的唯一办法就是手术，但是成功几率只有万分之一。杨春树讲了大半辈子中药，说什么也不信这个邪，于是找到了段凤舞，经过一年多治疗，病情明显好转。二十多年来，杨春树的生活与常人毫无二致。有时候遛弯儿碰到陈涌，总是鼓励她，一定要把段凤舞先生的医术发扬光大。

段凤舞将段式外科推向新的高度，既得益于家学渊源，同样也离不开扎实的国学功底。不为良相便为名医，中医历来讲求儒医相通，术业相传，薪火相继，已经渗透到传统文化的方方面面。段馥亭医名既盛，往来社会名流也多，生前与国画大师张大千兄弟情同莫逆。正所谓“谈笑有鸿儒”，在长辈们的熏陶下，段凤舞从小就对国学展现出极大的兴趣，四书五经，诸子百家，均有涉猎。

古典名著《三国演义》中记载司马师“圆面大耳，方口厚唇，左目下生个黑瘤，瘤儿生数十根黑毛”，“不时疼痒，乃命医官割之”。段凤舞认为这个黑瘤就是皮肤黑色素瘤，司马师所患应是恶性，手术后没收口，最后丧命于此。有一次应邀观看京剧《铁笼山》，段凤舞指着司马师脸谱说，“就是左颊多出来的那块儿”，惹得身旁的学生哑然失笑。

博闻广识，焉有医术不精之理？从知天文识地理通人事的清代名医徐大椿，到举革命辨思想治学问的民国巨擘章太炎，再到裘沛然、张镜人、程莘农等当代国医大师，莫不如此。能把脸谱和肿瘤联系起来，可见段老学识之精；能把戏院当成教室，更见段老治学之严！

陈涌说：“月有阴晴圆缺，人有悲欢离合，人事如此，国事如此，医事亦复如此。中医有高峰，也有低谷，但整体是向前的。只有不断继承好的经验，我们才能从一座高峰走向又一座高峰。好的经验在哪里？故纸堆里！但是，我们的语言和文字在几千年间发生了太多变化，如果不具备一定的国学基础，根本就无法读懂中医古籍，谈何继承？中医的许多奥妙，并非全部集中在那些经典著作中，还深藏于庞杂的历史文献当中。过去我们总说多读书、读好书；对中医来说，应该是多读书、读古书。”

陈涌的语速降了下来，温暖，祥和，时间悄然回到多年前的下午，春光和煦，茶香氤氲，恍若隔世，这是陈涌第一次去段老家中。段凤舞个子不高，但很富态，脸上总挂着笑，患者常说，见到段大夫，病就好了一半。陈涌进门时，段凤舞正坐在书桌前，对着她一番端详，说：“你是老陈家的闺女吧？”然后又问她叫什么名字，在哪里读书，学习成绩好不好。听说陈涌喜欢读医书，段凤舞便连连夸赞，说：“很好啊，中医就要从小打基础。我考考你，看你读得怎么样。”然后便让陈涌解释《论语》、《素问》等上面的句子。陈涌对答如流，段凤舞格外欣喜，从柜子里拿出 3 本线装书，送给陈涌作礼物。

1984 年回到北京，陈涌曾去看望段老，两人都从事肿瘤工作，聊起来格外投机。段凤舞认为，肝癌发病主要有两种，一乃情志不舒，肝郁气滞，导致血行不畅，瘀血内停，气机阻滞，久之水湿内停，水瘀互结，阻塞脉络而成痞块、积聚；二是肝郁化火，阻塞脉道，瘀血内停，久之水毒内生，水瘀互结，痞积而成。所以治病求本，宜行调气、化瘀、利水之法，用方以参赭培气汤为主，加减化裁。

参赭培气汤出自张锡纯《医学衷中参西录》，原本治疗噎膈和反胃，到了段凤舞手中，气象大变，用药 20 味以上，蔚为壮观。“生赭石生新凉血、镇逆降气、祛痰止呕、通便、引瘀下行；太子参、山药培中养胃，桃仁、红花、鳖甲、赤芍活血化瘀、消肿止痛兼以通络，泽泻、猪苓利水、化瘀，生芪、枸杞子益气滋补肝肾，焦山楂、焦六曲健脾和胃，龙葵、白英清热解毒、凉血利尿。此外，本方开破峻烈，恐伤胃液，以天冬、花粉和之。”说起癌症，段凤舞口若悬河，“非止如此，临床运用还须随证灵活加减。黄疸可加茵陈，腹水可加商陆、牛膝、大腹皮，癌痛剧烈可加郁金、元胡、凌霄花、八月札，腹胀可加大腹皮、厚朴、木香，呃逆可加旋覆花、柿蒂，口干可加沙参、麦冬，便秘可加栝楼、郁李仁。如此种种，收效甚佳。”听了段凤舞的解方，陈涌由衷佩服，日后多有运用，每每收到奇效。

得知陈涌在云南治好大量乙肝患者时，段凤舞直夸“做得好，古人治‘未病’，陈涌治‘未癌’”。就这样，从肝癌的治疗到肝癌的预防，从乙肝的治疗到肝癌的病因，一老一少聊了足足一个下午，仍觉意犹未尽。对于陈涌在乙肝、肝癌、癌痛等领域的见解，段凤舞颇感兴趣，临别时，他对陈涌说："你要是有兴趣，可以跟我出诊，我们共同学习，共同进步。"

不经意间，陈涌做了段老的入室弟子。遗憾的是，这段师徒缘只持续了半年，1985 年，陈涌离开北京，等她回来后，段老已经与世长辞。

段凤舞行医五十多年，经他治愈或明显缓解症状、延长生命的中外癌症患者逾万。每次经过或是回到广安门，陈涌都会想起段老，想起跟师期间的点点滴滴，悲伤之余，尚存温暖。

我们时常天真地幻想，那些记忆，如果永远停留在最美的一刻，该有多好？幻想终究只是幻想，恐怕没有几个人可以看到它变成现实。至少对于陈涌来说，是这样的。

很快，又一个噩耗传来。

此生何以谢师恩

生老病死系自然规律，如果生命将到尽头，只将讣告通知亲朋好友——这是中医肿瘤学泰斗余桂清的遗书。2005 年 12 月 7 日 13 点整，余桂清因病逝世。接到通知的瞬间，陈涌脑子里一片空白。

余桂清生于 1921 年，在九省通衢的武汉，度过了还算欢乐的少年时光。然而，国事艰辛，战乱频仍，饿殍遍野，满目苍夷，使得他对医学产生了浓厚兴趣。1940 年，余桂清逆流而上，进入四川北碚国立江苏医学院。

故人西辞黄鹤楼，烟花三月下扬州——大诗人李白站在黄鹤楼前送别孟浩然，行舟渐远，极目楚天，开元盛世的风流倜傥如满江春水，浩荡奔流。一千两百一十年后，余桂清告别故乡，只剩下"国破山河在"的愁绪和"男儿立志出乡关"的抱负。

1947 年，余桂清从国立江苏医学院毕业，先后在江苏镇江基督医院、汉口普爱医院和武汉市立第二工人医院出诊。由于工作认真，技术精湛，短短数年，便已远近闻名。1955 年，中国中医研究院从全国各地抽调76名西医参加第一届西医离职学习中医研究班，湖北省一共两个名额，余桂清光荣入选。来到北京后，昼听师教，夜读经典，在段馥亭的指导下，掌握了中医的理法方药。而后，一项重要的使命落在他的肩上——开创中医肿瘤学科。

余桂清多年从事腹外科工作，对病人手术前后的生理状况极为熟悉，很快便摸索出了中西医结合治疗肿瘤的临床流程。在今天看来，中药配合手术和放、化疗减毒增效，是再简单不过的固定化流程，任何一个肿瘤医生都谙熟于心。但在当时，却远非字面上这么简单。所谓配合，不是说手术完了再用些中药就可以了，它涉及到哪个阶段给予哪种形式的中药治疗，以及相互间的反应等许多复杂的问题。所以，当这个流程或者标准出来的时候，余桂清自然而然地登上了时代巅峰。

随着广安门医院肿瘤科的组建，中西医结合抗癌得到越来越多的临床检验，中医肿瘤学也得以形成和发展。到70年代，余桂清已经成为名贯东西的中医大家。

1973年，余桂清奉命为周恩来同志治疗膀胱癌，以养阴生津、扶正培本法治疗，收到明显效果。总理病情好转后，开始接见外宾，参加一些重要的工作和会议。然而，在复杂的政治环境下，治疗不时中断，加上工作繁忙缺乏休养，总理的病情持续恶化。期间虽然通过中医和西医的共同努力，症状偶有缓减，终因缺乏完整治疗而病逝。余桂清在世时，经常讲述这段经历。他说对于一个医生，最痛苦的莫过于看着原本有希望治好的病人，却没有去治。为什么没有去治呢？一种就是像总理那样，特殊时期特殊环境，爱莫能助；一种就是不会治、治不了，也就是技术不够。作为医生，后一种是要不得的。陈涌说：“余老告诫我们，既然选择做医生，就要做好，否则干脆不要做。”

严师出高徒，余桂清门下，全国中医肿瘤医疗中心主任朴炳奎、中日友好医院首席专家李佩文，如今都是活跃在临床第一线的权威肿瘤专家。再小一辈的，林红生已是国家中医药管理局中医内科肿瘤学科带头人，而陈涌，则以她游离于学院和民间的传奇身份，成为万千康复癌友心目中的癌症克星。许多看似凶险异常的病症，在她手底，都能从容化解。

2010年7月8日，年仅30岁的青海癌友小晁慕名来北京安定门中医医院找到陈涌，由于患右侧卵巢癌伴多发性淋巴结转移和双肺转移，全身症状明显。陈涌诊断发现小晁脉沉细无力，舌质淡，而且有瘀斑，显见肝郁脾虚。卵巢乃奇恒之腑，与肾互为表里。肾为肝之母，母病累及子病。肝为将军之官，喜条达恶抑郁，肝气不舒，下克脾土。脾为后天之本，主运化，脾失健运则纳差，水液运化失常，水湿停聚则出现胸水。肺主全身之气，肺气虚则胸闷、气短。肝失疏泄，木火刑金，肺失宣降，则咳嗽。于是采用疏肝健脾、软坚散结佐以补益肝肾抑制肿瘤的方法给予整体治疗。服药一个月后，腹痛、胸闷、乏力、气短症状明显缓解。三个月后，胸水、咳嗽消失，饮食好转，血检肿瘤标志物CA12－5从218降到142．50，CA19－9从62．18降到25．98，CA72－4从77．99降到13．14，卵巢肿瘤基本消失。

看到检查结果后，小晁简直不敢相信自己的眼睛，但是，身体的良好感觉让她不得不相信，自己遇到了真正的抗癌明星。

余桂清留给弟子的财富，不仅仅是医术，更重要的是医德。他一生救人无数，上至国家领导，下至无名百姓，全都一视同仁。80高龄仍坚持在临床第一线工作，直到自己生病需要接受手术，力不从心，害怕给病人开错药，才停止门诊。

当时慕名找余桂清的癌友依然很多，不好推辞，他就让学生诊治，自己在旁边指导。有时实在无法坚持，就介绍他们到学生出诊的地方，光是到陈涌那里的就有几十人，看完以后，她再向余老汇报。陈涌说："余老躺在床上听我读病历，特别认真，他甚至能记住癌友的康复情况。有一次刚读完方子，余老便高兴地说，快要好了。"说到这里，陈涌哽咽了。

春蚕到死丝方尽，蜡炬成灰泪始干。在为中国的肿瘤事业奉献了半生之后，余桂清累了，他躺在广安门医院肿瘤科10楼19

区 48 号病床上，回味着八十四年来的春华秋实，无声告别。陈涌说：“对余老最好的告慰，就是继承他严谨的治学态度和宽泛的学术思维，继续推进中医抗癌事业，帮助更多的肿瘤患者，挽救更多的生命!”

逝者已矣，生者如斯。熟悉肿瘤圈的朋友大多知道，朴炳奎是广安门肿瘤科第二代掌门人，也是当前中医肿瘤界公认的权威。在他的带领下，中医肿瘤学更进一步。

与余桂清一样，朴炳奎出身西医，70 年代响应国家号召，投身中医药治疗肿瘤的研究工作，一干就是一辈子。朴炳奎和余桂清相差 16 岁，不算大，也不算小，按理说沟通起来比较困难，但因有着相同的医学理念，他们却成为最让人羡慕的一对儿师徒。作为余桂清的得意门生，朴炳奎尽得真传，到 90 年代后期，俨然中医肿瘤学科新的领军人物。

以“抑扶平衡疗法”为基础，朴炳奎进一步总结中医药治疗肿瘤的经验，提出“正气内虚”、“毒邪致癌”等学说，阐释癌症的发病机制，强调“扶正培本”治则的主导地位，运用益气养阴、清热解毒法治疗晚期肺癌，取得了令人瞩目的成绩。在临床观察中，平均生存期和中位生存期均优于对照化疗组，而且优势明显。

朴炳奎医术精湛，享有盛誉，却对同行格外尊重，经常学习对方的独到之处，可谓精益求精。在临床上，他既遵循中医的四诊八纲，也重视西医的诊断数据，化验单、影像学片子及相关报告都要逐一查阅。朴炳奎叮嘱学生，要有一颗包容、与时俱进的心。陈涌说，这一点对她影响最大，直到今天，都在沿用这种方法观察癌友的康复进展。

翻开陈涌的师承史，可以发现一个特别有趣的现象。中医肿瘤学发轫于段馥亭，以余桂清、段凤舞为第一代，传至朴炳奎为第二代，再到陈涌为第三代。但实际上，这一段历史陈涌都有经历。之所以能先后拜入段氏、余氏和朴氏三家门下，自是谦虚好学和机缘使然。

对传统文化稍有了解便会知道，拜师非常讲究。朴炳奎与陈涌既为同门，又是如何变成师徒呢？陈涌笑了笑，说："有一次去看望余老，正好朴老也在，我就感慨没能像他一样，跟着余老多学几年。余老听完就说，没关系，你还可以跟着朴老师学嘛。"

很早以前陈涌就有这个想法，但碍于同门关系，从未说破，没想到余老竟然代为撮合。后来问过余老，才知道余老觉得她好学，善学，是个可造之才，又担心自己年纪越来越大，来不及把经验全部传授给她……说到这里，陈涌再度哽咽。滴水之恩，涌泉相报，面对这份沉甸甸的师恩，又该如何回报呢？

如果将中国当代抗癌史比作奔腾向前的江河，广安门无疑是其中最为耀眼的主流。当我们溯源而上，那些闪光的名字，宛如一个又一个节点，引领出河流的走向。从段馥亭到段凤舞、余桂清，再到朴炳奎，陈涌有幸在每一个节点上投下身影，吸取能量。而她自己，正在成为新的节点，向着更广阔的前方奔流。

"抗癌明星"轻名利

2006年6月，澳大利亚悉尼国家实验室研究员汉克·斯普林菲尔德（Hank Springfield）十二指肠癌骨转移化疗后，双腿肿胀，四肢乏力，茶饭不思，无法行走。当时正值南半球的隆冬，气温较低，汉克的哮喘又发作，家人一度担心他挺不过冬天。恰巧一位华人同事的家属来探亲，推荐他到中国寻求治疗。汉克征询了当地主治医生的意见，鉴于他的健康状况，对长途飞行持否定态度。不得已，汉克拜托他的华人同事帮忙联系中国方面，希望进行远程会诊。中国中医科学院接到请求以后，推荐了陈涌。详细查看汉克的病历资料，深入了解病情后，她却开出了一副令同行和老外都十分不解的怪方——两袋大沙土，一双内联升！

内联升能治癌？打从咸丰帝那会儿，咱就穿这玩意儿，怎么愣是没听说过呢？北京城的老少爷们坐不住了，大家议论纷纷，都等着看这位抗癌明星闹出点国际笑话。然而，让所有人吃惊的是，凭着这副怪方，汉克竟然在46天后恢复了健康！

很快，这一咄咄怪事便不远万里，逾越南北半球，成为京城大街小巷里，人们茶余饭后津津乐道的话题。陈涌却说：“其实很简单的一个病例，不知道后来怎么越传越邪乎了。”从汉克的病历以及舌象看，属于脾肾阳虚，湿热内蕴。五脏之中，肾主水液，依靠脾阳运化，完成水液代谢。脾肾阳虚，水液无法蒸化，加之药毒沉积，无处发散，壅积而生水肿。脾胃乃后天之本，内伤脾胃，百病由生，因此，治疗应从脾着手。脾属土，大沙沙漠中的沙土常年受烈日照射，性热，可去湿毒，是为治标。沙土的土气温补脾阳，调达运化，是为治本。另外，沙土的间隙可以吸收双腿瘀毒。三管齐下，必然奏效。陈涌说：“之所以用内联升的千层底，是因为国外鞋子大多是橡胶底，不透气，无法与沙土呼应。汉克在室内泡‘沙土浴’两周，水肿缓减，可以行走，又到花园土地上慢走一月，药毒散尽，肿胀全消。”

说到这里，陈涌为记者讲了一个故事。有个男孩到了8岁身体还非常软弱，连路都走不稳。父母着急，找了很多医生，试了很多方法，吃了很多药，都没什么效果。后来遇到一位医生，让他们给孩子缝一件夹袄，但是中间填的是泥土，不是棉花。这对父母半信半疑，勉强做好给孩子穿上，结果，半年以后奇迹出现了。孩子日渐强壮，不仅学会了走路，跑起来也是又稳又快。原因何在？身体被泥土的气息所包裹，脾阳健运，消化正常，营养均衡，焉有不健壮之理？文学作品中“泥土的芬芳，沁人心脾”之类的描写，就是这个道理。

2006年，电视台记者就两会专题“看病难”议题赴基层采访时，一位经陈涌治疗后康复的癌友如是说：“只要是认识的癌友，我都会介绍他们找陈主任治疗。这不是敢不敢或愿不愿意的问题，而是责任！对于癌友来说，找到陈主任就意味着多了一分机会。”当记者问他为什么如此有把握时，这位癌友坚定地说：“我就是陈主任治好的，我相信陈主任！”

2011年6月，解放军总医院肿瘤科专家握着陈主任的手，直呼“神医”，原来2年前在这里被宣判死刑只剩3个月时间的病人，竟然活生生地站在这位“神医”的旁边！

2012年10月，80高龄的癌友王皓从美国打来越洋电话，分享自己的康复进展，转达美方医生对陈涌主任的问候，他们非常惊讶陈涌竟然有效解决了肝癌术后并发症和复发转移问题，希望她在方便的时候到美国访问交流。

肝癌，曾经被称为“癌中之王”，复发率、转移率和死亡率“三高”。罹患肝癌，对于每个人来说都算得上噩耗，来自内蒙古巴彦淖尔的癌友徐广雷却说，自己是最幸运的人。

徐广雷在2008年2月出现乏力、低烧、右上腹疼痛等症状，到医院检查确诊为肝癌伴淋巴转移、胆囊结石、轻度脂肪肝。这意味着已经进入肝癌晚期，生存期大概只有三个月至一年左右。医生告诉他，可供选择的治疗方案基本是切除原发灶配合放化疗，但是扭转病情、延长生命的希望不大。既然如此，徐广雷觉得还是找找其他办法。

无意中听说北京有一位叫陈涌的抗癌明星治好了综合医院都不接收的肝癌晚期患者，便详细打听，最后在附近一个村子里见到了那位癌友，病情控制得很好，全身性疼痛消失了，日常生活基本可以自理。徐广雷忽然看到了希望，一个月后，他和妻子来到了北京安定门中医院。经过详细诊断，陈涌以扶正固本，活血化瘀，软坚散结，疏肝理气为主进行治疗。1个月后，自觉症状明显好转，食欲增强，体重增加。3个月后，病情稳定，饮食正常。6月17日在当地医院检查，CT报告肝脏形态正常，边缘光滑，实质密度均匀，未见异常增大淋巴结影，之前为他做过检查和提出治疗建议的医生大吃一惊！

徐广雷报告病情时，异常激动，陈涌却告诫他，现在是关键时刻，千万不能放松警惕，并对原方进行加减化裁。徐广雷谨遵医嘱，配合治疗，定期检查并向陈涌报告病情，恢复得越来越好。2010年8月检查显示肝包膜光滑，实质回声均匀，未见占位性的病变。2011年11月检查一切正常，2012年5月检查各项指标正常……

几年下来，不仅肝部肿瘤及转移淋巴结肿块消失，原有的胆囊结石经过中药治疗也已经排出。46 岁的徐广雷面带微笑地说："从死神手里抢来了 5 年，你说我幸运不幸运？"徐广雷身体好，精神好，他坚信自己可以继续活下去，直到彻底战胜癌症。

中医是一个依赖口碑的行业。有人说患者的口碑重要，也有人说同行的口碑重要，还有人说对手的口碑重要，能集 3 种口碑于一身，舍陈涌而其谁?!

2005 年春晚相声《笑谈人生》中，冯巩说自己"相声界影视最好，演员里导演最好，导演中编剧最棒"，恰到好处的自嘲，引起观众的极大共鸣。陈涌的情况正好与之对应——作为肿瘤专家，她在患者圈子里更有名气；作为中医专家，她在西医圈子里更有名气；作为国内专家，她在欧美更有名气。春节聚会上，有同学开玩笑，第一次称呼她为肿瘤界的"抗癌明星"。谁曾想，原本一句玩笑，却因为陈涌身上的独特气质，变得贴切和形象，迅速传开。

天下熙熙，皆为名来；天下攘攘，皆为利往。名利二字，催人奋进又束人魂魄，古往今来，有多少蓬门寒士因之出人头地，就有多少英雄豪杰为之身败名裂。扬名立万，并非武侠江湖的孤立现象，三百六十行，每一行都充斥着无数双血脉贲张的眼睛。然而名如磁铁，越是渴望，它却躲得越远，只不过身在此山，逐名者难以自知罢了。反观那些淡薄名利者，勤求古训，博采众方，到最后功成名就，被奉为楷模，追随效仿。

也许是从小就在名人堆里长大，见识过太多的大师、泰斗，当闯荡肿瘤界多年的陈涌已然成为名人的时候，连她自己都有些诧异。陈涌说："治好不算本事，治不好等于失职。从我学医以来，所接触到的观念就是这样。像蒲辅周蒲老，在中南海出诊，主席总理都很敬重，也没听说因为治好了谁的病而沾沾自喜，更别提自吹自擂到处炫耀了。"

四大温病学家中，除叶天士外，其他 3 人与历史上诸多名医相似，皆因亲人久病不治愤而学医，最终成为名贯古今的大家。乾隆四十二年，吴鞠通的父亲病故，原本致力儒学的他，“愧恨难名，哀痛欲绝，以为父病不知医，尚复何颜立天地间?!”仅仅是由于不知道父亲的病如何诊治，就觉得没有颜面活在世间，即便深刻体现了古人对孝道的重视，也不能不说是一代又一代苍生大医济世胸怀的真实写照。

所以，面对盛名，陈涌依旧能泰然处之，该说就说，该笑就笑。“凭本事吃饭，吃得安心，吃得长久。”陈涌一语道破天机，想必，这才是名医巨匠淡薄名利的真实原因吧。

有一次，国家中医药管理局原副局长于生龙来北京安定门中医院指导工作，特意找到陈涌，说：“医生是一个严肃的职业，肿瘤专家更是生命的捍卫者，按理说要严谨才对啊，你是怎么做到这般轻松，这般快乐?”

陈涌认为，严谨与快乐并不矛盾。“工作严谨，才有医术；医术过硬，才敢开方；开方有效，才能健康；人有健康，才会快乐。父亲走过枪林弹雨，为的是带来幸福和快乐；自己投身汤山药海，为的是带来健康和快乐。”

两人相视而笑。这笑声，既是对中医的热爱，也是对生命的讴歌。

《东方卫视》颂医魂

民以食为天，人们对食品自然格外关注。

2010年，大蒜、绿豆、玉米、辣椒等农副产品价格大幅上涨，由此催生出“蒜你狠”、“豆你玩”、“姜你军”、“油他去”、“苹什么”、“鸽你肉”、“向钱葱”等一系列网络新词。在“豆你玩”的背后，是一位被神话的“中医大师”——张悟本。

中医史上，从来不乏“大师”和“神医”。他们要么会气功，要么有特异功能，近可穿越人体，远能遨游太空，表演一些通通被证明是小魔术小把戏的“神功”，获得大众信任之余，开始施展拯救苍生的本领——治病，才是“大师”们的拿手绝活。号称发功扑灭大兴安岭火灾的“救火先锋”严新，被请来为“两弹”元勋邓稼先治疗晚期的癌症，结果一个月后，邓稼先病情恶化去世。号称能传授“千里诊病”功法的“中功宗师”张宏堡，竟然借治病之名猥亵、强奸妇女，最终被通缉逃往美国。最新一位被揭穿的“大师”是可以“空盆来蛇”的王林，此人自称为印尼前总统苏哈托等多国领导治病。仔细对比“大师”们的行径，不难发现，他们都包治百病，尤其是癌症等疑难杂症和不治之症。

1998 年，著名作家柯云路的《发现黄帝内经》出版发行，该书上部《发现当代华佗》记录了胡万林的传奇经历——在新疆行医 4 年，收治患者 120 万人次。计算发现，胡万林需要每年工作 365 天，风雨无阻，每天工作 10 小时，期间不吃不喝不休息不上厕所。这样下来，平均 44 秒接诊 1 位患者，1 小时 82 位，1 天 820 位。我们知道，在大大小小的正规中医院里，专家号数量不等，但基本保持在 60 左右，个别情况可能达到一两百，鲜有超过三百的。究其原因，自然是为了保证医疗质量。中医行望闻问切之道，辨证论治之术，理法方药因人而异，因病而异，岂能在短短几十秒内完成？

我们不妨想象一下：患者进入诊室，刚报上姓名，还没来得及主诉症状，“神医”已经写好药方，告诉他去交费取药。而我们的“神医”，从清早枯坐至黄昏，保持着目光直视前方的姿势，重复着运笔疾书的动作，日阅人颜八百，这次第，怎一个销魂了得！

综合各种信息推断，胡万林使用的是望诊，偶尔加上问诊。这一点，恰好又成了吹嘘胡万林“神奇”的资本，所什么“望而知之谓之神”，殊不知后面的结论是“以内知之曰神”（望诊属于“以外知之”），所谓只知其一不知其二。

中医治病以用药为主，诊断和辨证最终都会体现在用药上。中药对药量有严格要求，通常一味药不会超过 30 克，过多则药性难以控制。那胡万林是如何用药呢？冰片60克，甘遂80克，马钱子950克，芒硝2500克，真是让人大开眼界。民国以来最著名的中医大师张锡纯以用药量大著称，也实难望胡万林之项背！由于喜欢用芒硝，而且用药量大，当年甚至传言胡万林治病只用芒硝，这也因此成为又一面招牌，为他增加了不少“神奇”色彩。而近日报出的因故意杀人被判“无期”，出狱后胡万林又在河南非法行医，至大学生死亡，这一事件彻底撕下了“神医”的面纱。

“大音希声，大象无形，大道至简，这是东方哲学的最高境界，千百年来深入人心。对于大众来说，有时候，越是简单，就意味着越是神奇。‘神医’们巧妙地利用了这一点，极尽简单之能事，看一眼、摸一下就能诊断出是什么病，拍一拍、打一打就能治好，稍微高级点的，就是吃某一种药或食物。尽管在实际的行骗生涯中，他不可能只用这一招，但在某一阶段，必定是他宣传的噱头。”对于这些“牛鬼蛇神”，陈涌一眼就能看穿。

胡万林披上中医外套，制造了一场世纪末的“医疗”神话。无独有偶，张悟本也是一位似乎与中医有关的“高人”，只不过，他更侧重于“养生”。张悟本的“开路先锋”是绿豆，宣传机器包括出书、举办讲座、参加电视访谈等多种，实现了立体化推广，其“养生理念”迅速风靡全国，而张本人，也被打造成京城最贵“中医”。

老百姓对健康的追求过于迫切，难免流于盲目，盲目追求，必然掉入骗子布置的陷阱。信息时代传媒高度发达，虚假宣传花样繁多，防不胜防。对于当前的医疗形势，陈涌显得十分忧虑。但从长远来看，她还是信心十足。陈涌说：“真的假不了，假的真不了，骗得了一时，骗不了一世。‘神棍’此起彼伏，层出不穷，一方面说明骗子确实多，另一方面也说明他们都长久不了，很快就会被揭穿，原形毕露。我治癌症四十多年，见识的‘神棍’前赴后继地来，前赴后继地去，还没看到哪个能屹立不倒。”

诚如陈涌所言，张悟本还没有来得及品尝“红透半边天”的滋味，就已被拉下“神坛”。随着多家媒体的报道以及相关管理部门的介入，张悟本的真实身份公诸于众，其身世、学历、资质均为造假，连基本的行医资质都不具备，更遑论“专家”、“大师”。

然而回头来看，当时敢于揭穿张悟本的中医专家少之又少，包括历次“神医”横行之际，都鲜有匡扶正义的医道中人。为什么？有人说，是怕他们报复；有人说，自身也不干净；有人说，低头不见抬头见……凡此种种，不一而足，无非是“狗皮膏药”揭不得。但是，陈涌不信这个邪，她说：“医生是什么？西医讲白衣天使，中医讲悬壶济世，是治病救人的。第一不能假，假的就是在违法犯罪，要知道天网恢恢疏而不漏。第二不能差，差了就治不好病，就算脸皮厚，那良心上能安吗？第三不能怕，要正气凛然。中医认为，疾病的得失轻重，取决于正气的有无强弱。正气与邪气互相克制，正气盛则邪气远，正气虚则邪气近，所以叫‘正气存内，邪不可干’，‘邪之所凑，其气必虚’。实际上，这样一种规律不仅适用于人体，同样适用于社会和宇宙万事万物。如果看见骗子也不敢揭发，与同谋何异？现在之所以很多虚假医疗信息，患者频频上当受骗，最主要的原因是信息不对称。一些专业性的东西，患者不了解，自然无从分辨。如果我们不站出来，还有什么资格自称医生呢?”

于是，我们看到了在东方卫视镜头前直斥“神医”的陈涌，看到了为捍卫真理直言不讳的陈涌。从神农黄帝，到医圣药王，千年相传的大医形象，忽然间生动起来。

“绿豆和茄子都能治病，你怎么不得诺贝尔奖？再说那生茄子能随便吃吗？绿豆也不能随便吃的，这都因人而异的！肿瘤现在全世界都没有特效药，你能有什么特效药？你包治什么？哪个大夫两千块挂号费？哪有正规医院两千挂号费？再说你贻误病情啊!”——听听吧，这就是当代医魂的声音。

陈涌认为，医者两条路，要么苍生大医，要么含灵巨贼。而在正气与医术之间，似乎也存在某种相辅相成的联系。

国医大师裘沛然接诊外地重症患者时，接到一位特需患者的电话，强烈要求他立即出诊。对方不顾裘老诚恳地解释，反而以身份相要挟，令裘老勃然色变，直言正告之：“我不管你官多大，任何病人只要在把脉，就比你重要！到侬屋里开膏方？侬阿弄错？我不是唱堂会的!”正气如斯，与其独步沪上的医名互为表里。

而陈涌，也经常因为类似的原因“得罪”一些大人物。就在几个月前，她还对某省退休领导发了一通脾气。当时陈涌正在出诊，从德州赶来的癌友原本有重度高血压病，现在子宫内膜癌术后并发肝转移、肺转移、骨转移，贫血、消瘦、下肢浮肿、胸胁疼痛。诊其舌淡白，脉沉细无力，久病其他脏器累及肾脏，腰痛也很严重，整体情况非常糟糕。

就在陈涌研究治疗方案时，这位领导的秘书打来电话，说领导几天后要到北戴河疗养两个月，要求陈涌过去看下胃癌的康复情况，开些药，以防复发。陈涌告诉他，正在出诊，癌友都是排了好多天才挂上号，有些还是从江西、四川过来的，估计晚上8点左右才能看完。尽管陈涌已经解释得非常清楚，但对方态度仍旧十分强硬，无奈之下，陈涌做了最后答复，她告诉对方，如果愿意等，那就8点以后；如果不愿意等，可以找别人。

陈涌说：“我这里人命关天呢！虽然你是领导，是熟人介绍的，而且也是我的患者。但是别用身份压我，没用，凡事先来后到，这么多癌友呢，谁的生命都一样珍贵。”

难怪许多癌友都说，陈涌一身正气，癌症见了她，也要躲得远远的。

第四章
引领医学潮流，开创无毒抗癌

国家中医药管理局原副局长于生龙说，陈涌的出现，重新定义了中医的流派问题。

近年来，中医界出现“学院派”和“民间派”之争。所谓学院派，多指接受过系统的学院教育，所谓民间派，主要依靠家传师承等方式。两大阵营互相排斥，甚至诋毁，学院派指责民间派不正规，民间派抱怨学院派不正统。“正规”与“正统”，一字之差，反映出以中医为代表诸多传统事物的现状，也就是发展过程中所面临的传承与创新的矛盾——步子迈得太大，容易误入歧途，步子迈得太小，又会僵化倒退。

变革时代的无奈，抑或身在此山的局限？也许在多年以后，人们会找到答案。但是，陈涌并没有这方面的困惑。在她身上，兼具学院派和民间派的优势，理论全面，经验丰富，一方一药都显得与众不同，而若问起这不同，又没有谁能说得清楚。

所以，中医肿瘤圈子里流传着这样一句话——有些抗癌明星，是天生的。而与中北卫科癌症医学研究院院长刘文华的相遇相知，让更多人认识了这位抗癌天才。

回忆往事，感慨万千。谁能想到一次普普通通的会面，竟谱写了一段全新的抗癌史——酝酿已久的无毒抗癌终于浮出水面，中国式抗癌的大幕也缓缓拉开。

弹指悬壶四十年

中医是经验科学，医术依靠长期的积累，从江湖到庙堂，大家信任的是“老中医”。如果对面坐着一位年近耄耋、须长半尺的中医，那么患者的病至少会好上一半儿。如果两个中医摆两张桌子同时应诊，三十岁的可能没有患者，而六十岁的桌前将排起长队。

不可否认，中医这门“手艺”是越老越吃香。正因为如此，不乏假冒医龄者，更有甚者，染白发，描皱纹，小伙子化妆成老头子，让人哭笑不得。惟独陈涌，反其道而行，将白发染成了黑发。74 岁的汪道同被检查出食管癌以后，来找陈涌治疗，见她满头乌发，脸上没有几条皱纹，无论如何也不相信她只比自己小五岁。好在是儿媳妇的朋友介绍过来的，他并没有怀疑陈涌的医术，治疗方面也很配合。对于这样的尴尬，陈涌一笑置之。倒是有一次因为忙着应诊，没有来得及染发，险些把患者吓坏，至今回想起来都记忆犹新。

那是在 2011 年 10 月，因为有国庆长假，患者特别多，陈涌每天的接诊量都维持在一百多人，经常从早上 8 点忙到晚上 10 点，饭都顾不上吃，有的患者实在看不过去，就帮她买一点快餐。为了不耽误和影响接诊，陈涌每天只有不到 5 分钟的吃饭时间。看完全部病号，回到家中已是深夜，洗洗澡就该休息了，哪还有时间收拾妆容。不知不觉中，染色褪去，原有的银发显露出来。周四上午，卵巢癌患者邓淑兰进入诊室，并没有像其他癌友那样坐下来叙述病情，而是疑惑地打量着陈涌。邓淑兰一度怀疑这位“陈主任”是假的，直到讲起初诊的情况，她才相信眼前这位头发花白的人就是上次见到的陈涌主任。

陈涌笑着说：“那几天，起码有二十多位患者第一眼没认出我来。一个月后，首次复诊的患者看到我头发变得乌黑乌黑，又是吃惊不少。”吃惊归吃惊，大家并没有因为这样的误会而对陈涌的医术产生特别的想法。由此我们也不难发现，患者所看重或是信赖的，并非白发或是年龄这些表面的东西，而是实实在在的医术，能为他们去病除痛的医术。

从毕业后独立出诊开始算起，现在已经是陈涌行医的第四十三个年头了。在她身上，没有那种久历江湖饱经风霜的世故，不管朋友还是患者，看到她时，总是笑呵呵的。陈涌常说：“我是看癌症的，患者以老年人居多，他们情绪往往又比较悲观，我就常劝他们，要乐观，要积极——我作为医生，要有一颗年轻的心，你作为患者，也应该有一颗年轻的心。”几年前，陈涌曾经治疗过一位癌友，因为得知病情真相，原本恢复良好，还差 2 个月就能达到临床治愈标准的他，竟然在 2 天后去世，留给亲友无尽的唏嘘和感慨。

如果一个人曾经与生死有过如此频繁的接触，那他一定懂得，白驹过隙，时间过得太快，我们老得太快。

陈涌曾经认真算过，假如能看到 80 岁，还有 10 年；每年看 5000 人，还能看 50000 人。而中国每年光新增的癌症患者就有 200 万人，作为一名负责任有抱负的医生，难免有杯水车薪力不从心的感觉。陈涌说：“普遍而言，中医的黄金年龄就是 65 到 80 岁这个阶段，再往前水平、经验可能不足，疗效上就会有所欠缺；再往后体力、精力可能不够，开起方子来就会患得患失。所以，当别人都羡慕我熬到了最好的光景时，珍惜之外，更多了一分紧迫感。”

2012 年 7 月，陈涌接到辽宁打来的电话，邀她周六去参加一名肝癌患者的会诊。面对大量已经预约好的癌友，陈涌当然不能在这个关键时刻停诊，怎么办？只有延长出诊时间。为此，陈涌特地和医院领导请示，将出诊时间从早上八点调整到六点半。要知道，这涉及到药房、护士、收费处、检验科等多个部门多个岗位的协调配合，难度可想而知。主管行政的院长当时就皱起了眉。在陈涌的一再坚持下，医院最终通过了她的请示。周四、周五连续两天都看到晚上十点，最后一位癌友握着她的手说："我四处求医，见过的医生不少，您对我们的这份情是真的。"得知陈涌一天只吃了一顿饭，随行的家属非要请她吃夜宵，陈涌笑了笑说："其实更应该感恩的是我，让你们等到这么晚。现在我还要赶飞机去辽宁，等下次复诊时，我请你们吃饭。"一个略显疲倦的背影匆匆消失在安定门外的夜色中。

行医 43 年来，陈涌感触最深的，还是大众对中医的态度。

从清末开始，与西方的接触日渐频繁，现代医学传入中国，否定中医的声音逐渐出现。民国时期，受国情影响，主流文化界人士普遍接受西方教育并力求民主和文明，认识论和方法论的根本区别，加之政治上开启民智的需要，否定中医出现了第一次高峰。1929 年 2 月 23 日至 26 日，以余云岫为代表的废医派起草《废止旧医以扫除医事卫生障碍案》，并获中央卫生委员会通过，举国哗然，在鼎沸的抗议声浪中，国民政府被迫取消该提案。

事实上，这也是唯一一次称得上"废止中医"的行动，因为到 21 世纪以后，由何祚庥、方舟子等"打假斗士"发起的第二波攻击，并没有对中医造成实质性的威胁。而且，这种声音在巨大的民意面前，最终偃旗息鼓。

1956 年，毛泽东染病发热，采用抗生素治疗反而日趋严重，最后昏迷不醒。就在医疗小组束手无策之际，蒲辅周挺身而出，诊断为阳明经证，用白虎汤一剂而效。事后，组长王鹤滨感激地说："蒲老，你救了我们。主席的病如果治不好，我们下不了台呀！"而蒲老只是淡淡地说："明白了就好，以后再不许说中医的坏话了。"经此一事，王鹤滨对中医刮目相看，凭着出众的医学

400 倍，上万平方公里土地遭受核污染。

2005 年，国际原子能机构的报告认为直到当时有 56 人丧生，并估计大约 4000 人最终将会因这次意外所带来的疾病死亡。然而，来自其他方面的报告结果令人震惊。2006 年 4 月 18 日，WHO 发表报告称，近 20 年来受污染地区已有约 9335 人死于核泄漏引发的癌症等疾病。同一时间由绿色和平组织发表的报告称，切尔诺贝利核事故导致 27 万人患癌，因此而死亡的人数高达 9．3 万。与此同时，英国两名研究人员的一项研究表明，切尔诺贝利核事故的长期影响可能导致另外 6．6 万人死于癌症。

由于距离白俄罗斯边境只有 16 公里，切尔诺贝利事故所散发出的放射性物质随风飘散，60% 的落在白俄罗斯境内。前苏联专家曾对 4 万个土壤样品进行化验后发现，白俄罗斯有 7000 平方公里的地区受到放射性尘埃的污染，相当于丹麦的国土面积。该地区居民吸收的放射性剂量达到 19 贝尔，相当于正常情况的 3 倍。白俄罗斯不仅因此损失了 20% 的农业土地，近 200 万人被迫疏散和转移。

2007 年，3 位东欧学者出版了《切尔诺贝利：大灾难带给人类与环境的后果》。2009 年，该书被纽约科学院翻译成英文并重新出版。根据 1986 年至 2004 年间多达 5000 份健康资料、放射性调查和科学报告等调查数据和统计，作者认为，切尔诺贝利事故已经导致 985000 人死亡，主要元凶就是核辐射引发的癌症！

尽管由于政治、社会等多重因素影响，因切尔诺贝利核泄漏事故患癌以及死亡人数成为未解之谜，但有一个事实却不容置疑。1990～2000 年，白俄罗斯癌症发病率突增 40%，许多 1986 年以后出生的孩子都是畸形儿，患甲状腺癌症的比例是父辈们的 88．5 倍。

多年来，白俄罗斯不得不投入大量人力和财力到抗癌工作当中，托吉克大使此行肩负的使命可想而知。

在安定门中医院名誉院长、中国中医科学院原副院长张瑞祥教授以及刘文华、陈涌等人的陪同下，托吉克大使详细了解了中医抗癌的历史和现状，观摩了无毒抗癌的诊疗流程和临床成果，对无毒抗癌中药产生了浓厚兴趣。

2010 年 2 月 24 日，经托吉克大使介绍，白俄罗斯国家癌症中心首席专家别洛采尔科夫斯基·伊戈尔教授一行来到北京安定门中医医院，做深入交流。伊戈尔教授认真观摩了把脉、问诊、诊断、开方及中药配制、煎制的全过程，对中医药治疗癌症的原理及功效深表认同。在看过陈涌多份病历以后，伊戈尔教授表示，无毒抗癌不仅可以造福中国的癌友，同样也能为白俄罗斯的抗癌事业贡献力量。

此后，双方展开了更加频繁和密切的合作。

无毒抗癌谱新篇

时间来到 21 世纪的第二个十年，无毒抗癌已然成为潮流，走出国门，进入澳门、台湾、马来西亚、白俄罗斯、法国，为不同肤色的癌友提供更为合理的治疗，大有“天下谁人不识君”之势。然而，许多人还是会问，什么是无毒抗癌？

陈涌说：“火车刚进入中国时，人们认为它会破坏龙脉，照相机刚进入中国时，人们认为它会吸人魂魄，从恐惧到好奇到接受再到探究，大众对新鲜事物的认识有一个过程。”

很显然，无毒抗癌已经走到被广泛探究这一步，癌友想知道它如何击败癌症，医生想知道它能否复制借鉴。为此，无论陈涌还是刘文华，通过北京安定门中医医院这一临床基地，都在不遗余力地做着这项可能重新书写整个抗癌历史的科普工作。

结合陈涌、刘文华在各类肿瘤学术会议上所作的报告，可以得出这样一个概念，所谓无毒抗癌，是在科学认识癌症的基础上，以中医整体观念为指导，从人体内环境出发，针对癌症的转移和复发，结合现代医学、传统医学、心身医学、生物医学、物理医学、康复医学等多学科优势，以无毒抗癌中药为核心，消除既有治疗的毒副作用，在靶向杀灭和控制癌细胞的同时，保护正常细胞，提高机体免疫力，使癌症失去转移和复发的环境。无毒抗癌六维疗法是一个有机、多元、开放、辨证的治疗体系，是对传统癌症治疗观念的一次革新，实现了抗癌从被动到主动的转变。

从上世纪90年代陈涌在石家庄率先提出带瘤生存观点，到2002年刘文华首次提出无毒化瘤设想，在大量临床实践中，无毒抗癌完善了心理干预机制、无毒保护机制、选择抑制机制、基因调控机制、细胞优化机制、综合免疫机制等六大机制和无毒性原则、整体性原则、持续性原则、全程性原则、时效性原则、综合性原则等六大原则。完善的作用机制和合理的论治原则使得无毒抗癌脱颖而出，并在纵向、横向、宏观、微观、可见、感知等不同维度集中体现出它的六维功效，即：

直接——阻断肿瘤细胞重要成分的合成与代谢，有效抑制肿瘤细胞生长，通过不同途径诱发多种癌细胞凋亡，缩小肿瘤，恢复正常细胞增殖，有效地治疗癌症。

深入——过诱导分化凋亡，使癌细胞不仅在形态上出现分化改变，最终使癌细胞重新向正常细胞演变，甚至完全转变成正常细胞。防止癌细胞的扩散与转移。

全面——提高T细胞和巨噬细胞功能，全面抑制肿瘤细胞的增殖，同时抑制正常淋巴细胞染色体突变，稳定免疫系统，提高人体自身抗癌能力，防止癌症复发。

灵活——整体辨证，有的放矢；在此基础上对症治疗，把握好四大关键期治疗，稳定病情，提高机体免疫力，消除手术及放化疗毒副作用，优化患者各阶段的治疗效果。

显效——依托精确的现代医学诊断技术和先进的生物靶向技术，直接定位病变部位，药物的有效成分快速、准确到达病变部位，最短时间内消除疼痛及放化疗的不良反应。

长效——以五年生存期为基本目标，以长期带瘤生活为突破口，指标化分解治疗方案，帮助患者增加抗癌信心，提高生活质量，最大限度延长患者生命。

全面的功效，使之在临床中逐渐形成体系严谨、治疗方便、疗效确切、费用低廉、适应症广、疗效稳定等六大特色，完美契合我国国情和癌症治疗现状。难怪癌友谈起无毒抗癌六维疗法时，个个都是眉开眼笑。山东乳腺癌癌友张静梅称其为“无毒的化疗”，北京肺癌癌友许景和直言“六维效果看得见”。正是有了无毒抗癌六维疗法，浙江鼻咽癌癌友张喜民觉得生活有信心了，甘肃胃癌癌友张裕发现快乐原来如此简单，广西肺癌癌友白玉民认为“无毒抗癌这条路，又稳当又安全，走着放心”，上海结肠癌癌友郑世清甚至提议，“一站式康复的治疗模式应该在全国推广”。2006 年刘文华主编的《肿瘤绿色康复》组稿时，不到半个月就收到了 139 份康复癌友的抗癌心得。

癌友的眼睛是雪亮的，癌友的呼声是最真切的。用湖北卵巢癌癌友江翠萍的话说，“无毒抗癌六维疗法是真正为咱们广大癌友着想的!”

回过头来我们再看无毒抗癌的核心——治疗。面对学术、临床、癌友等不同领域的积极反馈，我们不禁要问，究竟什么样的治疗才能得到各方面的认可?

事实上，无毒抗癌包含中医药内治、中医药外治、心理治疗、饮食治疗、运动治疗和康复治疗等六大治疗体系，每一种治疗体系中又分成不同的模式。比如心理治疗中的集体治疗以癌友俱乐部为载体，分享抗癌心得，传递康复信念。个体治疗则综合运用评估值三维原理图、期望值曲线原理图等技术，控制和引导癌友情绪，配合各康复阶段的治疗。

围绕六大治疗体系，依靠整体治疗、对症治疗、关键期治疗和选择性抑制这四大法宝，协调整体与个体、全局与局部的关系，既防止过度治疗，又提升治疗效果，事半功倍。

对症治疗也称局部治疗，早在中国中医研究院抑扶平衡时期，陈涌就对此进行了总结，到了安定门中医院无毒抗癌时期，相关研究更加深入。对症治疗实际上更有针对性和目的性，在保全生命、快速控制和消除症状等方面发挥着重要作用。以胃癌为例，由于没有血管和淋巴管，癌细胞不会转移，发生在胃黏膜层的原位癌依靠手术切除就能实现比较高的治愈率。但是，发生在黏膜下层、肌层、浆膜层胃癌，就必须采取合理的对症治疗，以有效控制病情发展。比如通过放化疗进一步清除癌细胞，通过无毒抗癌中药选择性抑制癌细胞、改善机体免疫力，通过康复治疗增强体质、改善生活质量，等等。

在此基础上，结合手术前治疗、手术后治疗、放化疗同步治疗、放化疗间歇期治疗、高危期治疗、稳定期治疗等六大关键期治疗，针对癌细胞的特殊生长状态，让抑制肿瘤、增强免疫力、有效改善症状这三套马车齐头并进，层层设防，步步为营，滴水不漏，癌症要么无处藏身，要么无力反扑。最后通过无毒抗癌中药的选择性抑制功能，将癌症复发和转移的几率降至最低。说到这里，便回到了无毒抗癌六维疗法的核心——中药。

长期以来，抗癌的一大难题就是无法做到选择性杀灭癌细胞。近年的研究发现，VEGF（血管内皮生长因子表达）以自分泌和旁分泌的形式作用于癌细胞，并可通过增加 SDF－1/CXCR4（一种基质细胞衍生因子）的表达水平直接影响卵巢癌细胞的侵袭，两者之间可能有一条旁分泌环路，相互影响，对各自的生物学功能起到加强的作用。临床实验显示，无毒抗癌中药中的有效成分可以抑制 VEGF，影响 SDF－1/CXCR4 的表达，间接切断两者之间的联系，从而切断癌细胞转移的通道。其次，无毒抗癌中药可以阻断 EMT（上皮间叶细胞转化）和 MET（间质上皮转化），使得转移瘤的中心细胞无法获得足够的上皮表型表达，周边细胞无法获得足够的间质表型表达，从而抑制转移瘤的形成和生长。最后，无毒抗癌中药可以改善癌症的抑制性免疫微环境，重塑肿瘤免疫编辑过程，使得癌细胞无法逃脱宿主免疫监视，防止癌细胞的进行性生长和转移。同时，中药的不同归经对于免疫系统的作用存在差异，从而对肿瘤的发生发展产生多向抑制作用。

2011 年 5 月 19 日，全球首个无毒广谱抗癌中药“博尔康胶囊”和肺癌专用无毒中药“肺艾克胶囊”正式上市。无毒广谱抗癌中药博尔康胶囊以莪术为君药，辛散温通，行气破血，消痞散结。以三七、山慈菇为臣药，三七活血化瘀，化瘀血而不伤新血，与君药配伍以增强化瘀消症之力；山慈菇长于解毒散结，用于瘀毒互结之症，尤为合拍。穿山甲、黄芪、何首乌等共为佐药，穿山甲性专行散，通行经络，与活血药同用可软坚散结；黄芪益气健脾，补脾胃之不足，以辅助正气；何首乌补肝肾、益精血。诸药君、臣、佐、使合用共奏化瘀解毒、消肿散结、益气养血之效。临床数据表明，无毒广谱抗癌中药博尔康胶囊具有明显的抗癌作用且无副作用，总有效率为91%。

肺癌专用无毒抗癌中药肺艾克胶囊以蚤休和鱼腥草为君药，蚤休苦寒，长于清热解毒疗痈肿，且能平喘止咳。鱼腥草辛寒，清热解毒，祛除痰浊。蚤休和鱼腥草二药合用以清热解毒，祛除痰浊，以利肺气之宣降。牛黄、僵蚕和葶苈子为臣药，牛黄性寒微苦，有较强的清热解毒化痰之功效，用于痰热毒邪壅肺之证。僵蚕性平咸辛，化痰散结。葶苈子性寒辛苦，祛痰止喘，治痰涎壅滞喘促咳逆之证。西洋参为佐药，补肺降火，养阴生津。陈皮性温辛苦，燥湿化痰，理气健脾，调和中焦，为本方之使药。临床数据表明，肺艾克胶囊抑制肿瘤效率高、副作用小，并能有效增加放、化疗的敏感性，从而更好地治疗肺癌，提高癌友的生存质量，减轻癌友痛苦，临床总有效率高达88%。肺艾克胶囊因此成为全球首个有效治疗肺癌胸水的特效药，进一步提升了无毒抗癌的国际影响力。

数月后，应阿纳托利·托吉克副总理之邀，刘文华参观访问白俄罗斯国家肿瘤医院，并向对方赠送了无毒抗癌新药。对于这个在切尔诺贝利核泄漏事故后被癌症阴影笼罩的国家，经30多万癌友验证的抗癌成果无疑是最好的礼物。

经过一段时间的临床观察，白俄罗斯国家肿瘤医院被无毒抗癌中药的效果彻底征服。如今，无毒抗癌中药已经成为白俄罗斯的重要“战略”物资。无毒抗癌深入人心，首先得到回馈的却并非以刘文华、陈涌为首的专家团队，而是整个中医药文化。短短两年时间，针灸等中医药治疗方法就开始在白俄罗斯流行起来。不久前刘文华去白俄罗斯做学术访问，遇到一位做针灸的中医，据他介绍，如今在明斯克做针灸非常受欢迎，当地市民看到中国人都会竖起大拇指，说中医伟大。而在无毒抗癌进入白俄罗斯之前，针灸的营业情况只能用“惨淡”二字形容。陈涌听到这个消息后，笑着感慨：“一不小心，无毒抗癌中药当了一回传播中医药文化的‘大使’！”

澳门科技大学首任校长周礼杲教授以自己在国外的亲身经历说明，“无毒”是中医药的特色，也是未来医学发展的方向。而陈涌，正是无毒抗癌新药的临床首席专家，博尔康胶囊和肺艾克胶囊凝结了陈涌四十多年的临床经验。无毒抗癌专家组组长刘文华说：“如果没有陈涌教授参与临床研究，无毒抗癌至少要晚出现5年。”

目前，以刘文华院长为科研首席专家、陈涌为临床首席专家的无毒抗癌专家组最新科研课题，专门用于癌症疼痛的无毒抗癌止痛新药——癥宝癀即将问世。该成果浓缩中药之精华，每天只要服两片，既能抗癌，又能止痛。症宝癀具有无毒性、无成瘾性、无耐药性等特点，开创中药无毒抗癌止痛之先河，是无毒抗癌的进一步延伸。

无毒抗癌既然是中医抗癌，必然是以中医为根本的。其实，无毒抗癌六维疗法其他几种治疗体系也都贯穿着中医的脉络。像康复治疗，是由北京精诚博爱康复医院率先引进的癌症康复治疗体系，其中也包含了针灸、推拿、拔罐、熏蒸、药浴等中医传统治疗方法。而饮食治疗，更像是无毒抗癌中药的一种延伸。中医药学有一个专门的词语叫“药食同源”，食疗被视为中医的一大发明，药王孙思邈在《千金要方》中单独辟出一卷讲食疗。相较于药物，食物更接近无毒。

无毒，这是无毒抗癌的又一个核心，也是难点。我们都知道，是药三分毒，不管中药西药还是其他药物，甚至食物，从不同角度来讲，都是“有毒”的。那么，无毒抗癌究竟是如何做到无毒的呢?

唐国连是一位喉癌患者，在某肿瘤医院做完放疗以后，身体情况较差，继而寻求中医治疗。辗转多家中医院，所看医生不乏业内名家，全都声称中医药没有毒副作用，结果非但没有消除放疗的副作用，由于服用大量中药，唐国连的肠胃变得更差，白天吃不下东西，晚上睡不着觉，一度闻见汤药就想吐，体重更是降到了48公斤。抱着再试最后一次的心态，唐国连找到陈涌，服药两周，白细胞就明显上升了。唐国连发现，陈涌的药量并不小，但是喝下去之后，肠胃却并没有以前出现的那种不良反应，不由得心理暗暗称奇。

连续服药两个月后，唐国连的胃口越来越好，不知不觉中，体重多出5斤。兴奋的他，逢人便说，陈涌神奇，无毒抗癌神奇!

陈涌说：“药既然可以治病，就意味着，合理用药，毒也有益；既然有益，便是无毒。”

关于中药的毒性，历代药典都有明确的标示，但是合理的配伍组方可以有效降低药物毒性。只不过医者有真假，医术有高低，并非每一位中医都有足够的本事。遇见良医，得到好的结果，遇见庸医，得到坏的结果，于是出现了争论和怀疑。

陈涌认为，中药进入人体的第一站是胃，大部分化学反应都是在胃里完成。因此，胃里有大把文章可做。胃为水谷之海，传化物而不藏，以通为用，以降为顺。胃气不滞，则食药不积；食药不积，则瘀毒不留。陈涌说：“其实就是保证消化通畅。像我们常说的排宿便减毒，之所以产生宿便，就是因为胃气不顺，消化不通，各种毒素不能及时排出体外。这些毒素留在肠胃中，被吸收进入血液与其他脏器，就会影响人的健康。胃气和降，瘀毒可出，即便还有微量残留，肝脏也足以分解。所以临床上，脾胃功能好坏是癌友治疗及预后的关键因素。肝癌之所以难治，主要原因就是肝脏已经病变损坏，无法做好解毒的本职工作，几乎全部的排毒工作都需要在胃里完成，没有丰富的经验，委实难以办到。”

陈涌研究脾胃论多年，用之于养生已然效验如神，用之于抗癌更是别开生面。她说：“脾胃乃后天之本，即便补土一派，对脾的重视也多于胃。其实经过这么多年的临床，我们不难发现，对于癌友来说，胃尤为重要。最简单的，连饭都吃不好，身体怎么好得了？宋朝的医书里提到癌，用的都是‘癌毒’一词，说明癌本身就是毒。如果我们再不想办法排减体内的毒素，那不就被毒包围了吗？从中医的角度来讲，不光药有毒，即便是我们每天吃的饭菜，都是有毒的，只不过进入人体后，经过一系列复杂的反应，变有毒为无毒。怎么变？从胃这里变！但是胃气娇弱，气滞、血瘀、湿阻、食积、痰结、火郁、寒凝、劳倦等都能让它失去通降之职。因此，所谓的变，绝非魔术一般简单，而是需要大量精细的辨证。最基本的一点，就是配伍要讲求开胃。不管苦寒攻伐，还是温厚滋补，均辅以开胃之品，以防胃气呆滞。”

国家中医药管理局一位领导曾经私下对陈涌说，“可惜你们做的不是国家级课题，否则光凭这一点，就可以获得科技进步一等奖！”

得不到国家的褒奖固然有些遗憾，但是想到癌友康复后发自内心的微笑，陈涌还是很欣慰。对于医生来说，患者的信任永远都是最大的褒奖。

为了更好地观察无毒抗癌的疗效，陈涌甚至用上了西医的诊断数据，她说：“中医也好，西医也好；学院派也好，民间派也好，只要不是神棍和骗子，只要都是为了治病救人，大家用不着互相攻击，让数据说话。”

第五章
快乐感染癌友，大爱成就健康

癌症与人类同在，它在人体中缓慢酝酿，不断寻找薄弱环节，一旦得到机会，就打开缺口，喷薄而出。由于人体内外环境的复杂变化，薄弱环节不断得到修复，又不断出现，我们对抗癌症的最好方法，就是比癌症更先找到缺口，进行修复。但现实往往是一个缺口刚修复好，一个缺口又冒出来，修的不如坏的快。所以，抗癌如同治水，千里之堤溃于蚁穴，我们要做的不仅是堵蚁穴，还有固堤坝和疏水流。疏堵固加起来，水患焉有不治之理？！

陈涌说："只要方法对了，癌症并不可怕！"

正常人体内携带的是癌症基因，癌友体内携带的是癌细胞，我们不会因为癌症基因的存在而惶恐不安无所适从，癌友为什么要因为癌细胞的存在而如临末日得过且过？一次全新的思考，推开窗，是崭新的天地。

陈涌说："不要听天由命，我们可以胜利！"

抗癌四十多年，陈涌深切体会到传承的重要性。2009 年起，陈涌开始承担传统医学师承工作，带教两名学术继承人，跟着她出诊抄方，整理医案。出师之前，陈涌一再叮嘱学生，先做人再做医，坚守底线，做最纯粹的中医。

一笑花开人自怜

陈涌说，癌症一度让人们绝望的原因，除了低治愈、高复发、高转移、高死亡等因素以外，对于癌症的认识，也有着不可忽视的作用。其实，经过几千年的“战争”，尤其是进入到21世纪以来医学的全面突破，我们已经发现，癌症并没有那么可怕。

首先，每个人都有癌症基因。2013 年 2 月，女星安吉丽娜·朱莉（Angelina Jolie）宣称接受乳腺切除手术，引发社会广泛关注的同时，也让大众了解了 BRCA1 基因。拥有 BRCA1 的女性，患乳腺癌几率为 87%，患卵巢癌几率为 50%，远远高于常人。根据细胞生物学、分子生物学等领域研究成果，每个人的体内都存在原癌基因（Proto – Oncogenes）和抑癌基因（Anti – Oncogenes）。正常情况下，二者维持平衡，但在致癌因素作用下，原癌基因变强，抑癌基因变弱，便会引起细胞癌变，进而形成癌症。

其次，癌症是一种慢性病。以往提起癌症，人们多半会想到“绝症”这个词，事实究竟是什么样子呢？陈涌说：“肝癌的形成至少需要十几年时间，胰腺癌病程演进超过 20 年，假如我们能活到 100 岁，80% 的人都会得癌症。”从分子生物学角度看，正常细胞发生突变到异常增生再到发育异常，直至形成原位癌需要 10 年左右，原位癌发生转移同样需要数年，这样算下来，整个过程持续 20 年左右。第 42 届美国临床肿瘤大会发出明确讯息，癌症与冠心病、高血压、糖尿病具有类同性，属于可控可治的慢性病。

最后，癌症是一种全身性疾病。长期以来，医学界都将癌症视为身体某一部位的病变，其实不然。研究发现，与癌侵袭转移有关的分子遍布癌变组织周围以及血液等循环系统，这也是癌症复发和转移的重要原因。陈涌说："综合当前肿瘤界的研究成果，我们提出了癌症的十大标志，即失控的自身复制、诱导血管生成、抵抗细胞死亡、持续增殖信号转导、逃避生长抑制因子、激活侵袭转移、炎症微环境促成、基因组不稳定和突变、能量代谢方式改变和逃避免疫损伤。十大标志反映了癌症的全身性特征，也证明了癌症是一种全身性疾病。"

无毒抗癌之所以一举改变人类抗癌史，最重要的还是抗癌策略的转变。众所周知，无论手术、放疗、化疗，抑或新兴的物理、生物疗法，此前抗癌的根本原则是"杀"，是以毒攻毒，其结果往往是杀敌三千自损八百，才攻下一座城池，又失去半壁江山。

陈涌说："人类与癌症之间更像是一场不对称作战，这种不对称并非来自力量对比的悬殊，而是我们站错了位置！在与疾病的斗争中，我们无往不胜，天花、霍乱、坏血病、黑死病，曾经肆虐全球的杀手一个个俯首称臣。空前的战果让我们忽略了一个重要常识，疾病早于治疗。就拿'癌症'一词来说，比'医学'一词的出现都要早。"

这种错位的结果就是，我们针对癌症的"作战计划"要么是纸上谈兵，要么是杯水车薪。早期的癌症治疗，局部切除病变组织，后来发现，发病器官和周围组织及区域淋巴结同样需要清理；随着时间的迁移，需要切除的范围不断扩大。但是，残酷的事实提醒我们，错了，大错特错！因为癌症还是在复发，在转移，在无情地夺走一个又一个生命。人类如同玩偶，跟在癌症的后面，被牵着鼻子走，最终输得一败涂地。

其实，我们有足够的时间"布置防线"和"投入战斗"并且赢得最终的胜利。就如陈涌所言，"癌症不可怕，关键是方法"。从"局部攻击"到"整体防御"，从"以毒攻毒"到"和平共处"，从"赶尽杀绝"到"全面改造"，从"盲目出击"到

“攻守有序”，无毒抗癌将如何正确认识癌症、如何正确对待癌症、如何正确治疗癌症等问题进行整合，曾经的盲目和被动变为从容和主动，最大程度上实现了“合理治疗”。

所以，面对癌症，没必要愁眉苦脸。

2010 年春天，对于人生和事业双双步入黄金阶段的邵女士来说，无疑是寒冷和黑暗的。

右乳 2．1cm×1．4cm 肿块，钼靶检查双侧乳腺小叶增生伴右乳部分导管扩张，医生的建议是趁着发现较早，抓紧时间手术。然而，由于癌瘤距离乳头不到 1cm，几乎位于乳房中央，基本无法保乳。作为一个只有 37 岁的时尚金融跨界金领，完美的胸前风景意味着太多太多。而且，邵女士刚刚找到人生的另一半，几天前还在计划着结婚事宜，如果失去乳房，爱情也面临着结束的风险。

为了保住乳房，邵女士到处托人打听，北京肿瘤医院、301 医院、协和医院、上海瑞金医院、中山大学肿瘤医院、天津肿瘤医院、武汉同济医院，包括美国安德森癌症中心、纪念斯隆－凯特琳癌症中心、梅奥诊所在内的中外权威肿瘤医院的知名专家都认为无法保留乳房。与此同时，她的准丈夫却从中医那里得到了积极的回应。与所处圈子中大多数人所不同的是，邵女士对于传统的东西，并没有过多的感情。所以听到“中医”两个字后，邵女士坚决摇头。然而，看着男友急切的目光，经过一番纠结，最终在保全乳房的强烈愿望下，邵女士还是“妥协”了。

一进诊室，陈涌就感觉到了邵女士的痛苦。为了缓解对方的心理压力，陈涌边诊脉边和她聊天。从工作到生活，从家庭到梦想，从差旅途中的所见所闻，到闲暇品读的一点一滴，不知不觉中，邵女士放下了防备和猜疑，整个人重新焕发出熠熠动人的光彩。

陈涌说：“这样就对了，要开心，要有信心！”脉象、舌象都显示邵女士有着非常好的体质，尤其是消化系统，非常健康。临床上，这是理想的康复条件。陈涌告诉邵女士：“根据你的情况，保乳的机会有 8 成左右，如果你同意，我们再确认治疗计划。”

出于一个金融从业者的敏感，20% 的失败几率让邵女士格外谨慎，她必须知道，如果失败了，会是什么后果。“可以再寻求手术治疗，之前我们会严格控制和检测病情发展，所以对手术的效果也不会有太大影响。”陈涌的回答，似乎还是有些模糊，所以，邵女士继续问道：“可能会有哪些影响？”陈涌知道，如果不能解释明白，她是不会善罢甘休的。

在外界看来，中医喜欢以神秘示人，越是名气大的中医，说起话来越是玄乎。不可否认，一部分中医确实出于某些目的，有故意制造神秘之嫌，但更多时候，专业之间的鸿沟才是让彼此理解出现偏差的根本原因。无论如何，邵女士不喜欢这样的神秘，所以，陈涌尽可能用对方可以理解的方式进行解释。“我们先治疗三个月，如果病情发展符合预期，就按照计划继续治疗；如果病情开始出现恶化的趋势，注意，只是趋势，或者说苗头，尚未开始恶化，或者既没有恶化也没有好转，那就做切除手术。在这三个月内，只要你按照计划配合治疗，我有信心确保你的病情不会恶化。”

确诊乳腺癌之前，邵女士也曾因为诸如妇科炎症之类的病情看过不少医生，但是没有人能够如此自信。在陈涌的感染下，邵女士抛开顾虑，全身心投入到保乳战中。

第一个月，在大剂量中药扶正的同时，对邵女士的内分泌系统进行调理，使气血流通更为平衡；另一方面为她制定膳食计划和运动计划，进一步增强体质。第二个月，继续中药扶正。两个月下来，邵女士的面色越来越好，同事都惊讶她比生病前的状态还好。为了更直观地了解康复进展，根据陈涌的建议，邵女士做了一次全面检查，免疫组化报告显示，TOPOII（+），GST－π（++），Ki－67 约 10%，ER（+++），PR（－）。这就是说，邵女士的病情好转，而且很适合内分泌治疗，预后良好的可能性非常高。

于是，第三个月的治疗开始，按照陈涌的要求，邵女士停止工作，全面配合。很快，无毒抗癌的效果显现出来，邵女士的大便次数明显增多，呈黑色，像沥青一样。陈涌告诉她，这是在排毒。果然，三个月后再次检查，癌瘤不仅没有增殖，反而略有缩小。这下，邵女士由衷地信服了，脸上洋溢着发自内心的微笑，尽情释放出倾国倾城的生命之美。

又经过十个多月的治疗，邵女士的癌瘤萎缩钙化，没有发现任何转移。“从临床意义上来说，再经过半年左右的调理，你就完全康复了。”听到陈涌的结论，邵女士哭了，脸上淌着幸福的泪水，暖暖的，真正的春天来了。

今年夏天，邵女士结婚了。婚礼上，一拜天地二拜高堂夫妻对拜之后，新人向一位特别的嘉宾鞠躬致意——她，就是陈涌。

原来我命不由天

从某种角度来看，癌症与乙肝颇为相似，尤其是宫颈癌。

作为目前唯一可以确定病因的妇科癌症，宫颈癌与高危型人乳头瘤病毒（Human Papillomavirus，HPV）的持续感染有关。HPV 是一种属于乳多空病毒科的乳头瘤空泡病毒 A 属，可以引起人体皮肤黏膜的鳞状上皮增殖。目前已经鉴定的 HPV 病毒超过 200 种，其中 30 种与生殖道黏膜感染相关。在几乎所有发生宫颈癌的宫颈组织中，均能找到 HPV 的存在。根据与宫颈癌的关系，HPV 病毒分为高危型和低危型。高危型常见亚型有 16、18、26、31、33、35、39、45、51、52、56、58、59、66、67、68、73、82，宫颈鳞状细胞癌中 HPV16 型最多见，其次是 18、45、31 和 33 型；而在宫颈腺癌中，18 和 45 型比较常见。

HPV 可以通过性传播、密切接触、间接接触、医源性感染和母婴传播等途径相互感染。女性一生中有 80% 几率感染 HPV，通常在 8～10 个月内被自然清除，仅约 5% 女性呈持续感染状态。人体感染 HPV 后，可能发生两种转归，对于机体免疫功能正常的人群来讲，产生“一过性感染”；在人体自身无法清除的情况下，感染持续存在，进而引起宫颈细胞的增生和异型性变，最终发生癌变。

事实上，HPV感染非常常见，有性生活史的妇女，均不可避免感染HPV，特别是性活跃年龄段的女性，最终发展为宫颈癌的情况，并没有因此而变得过高。根据《2012中国肿瘤登记年报》统计，我国宫颈癌发病率约为12．96/10^5，位居女性癌症发病率第五位。

因此，临床检测中初次发现HPV感染，并不能确诊为宫颈癌，我们也不必过分紧张。只有持续反复感染，而且同时感染不同型别的HPV病毒，才会增加发生宫颈癌的风险。

可以肯定的是，并非每一种癌症都和宫颈癌一样，但是我们至少能够得出一个结论：从健康到癌症，距离很遥远；从癌症到死亡，距离同样遥远！面对癌症，应当鼓起勇气，坚信生命在我们自己手里，任何情况，都不能轻言放弃。正如陈涌所说，正常人体内携带的是癌症基因，癌友体内携带的是癌细胞。既然不会因为癌症基因的存在而惶恐不安无所适从，为什么要因为癌细胞的出现而如临末日得过且过呢？

换个角度来看，既然癌症基因可以突变，进而形成癌细胞，那么，癌细胞为什么不可以在某种条件下转变回去呢？以前我们抗癌，总是举起利剑，一股脑的杀灭癌细胞，结果费了很大的力气才发现，癌细胞是杀不完的。这时候，我们不得不思考。

有时候我们欠缺的只是思考，如同一个匆匆忙忙的赶路者，不愿意停下脚步，结果错失了无数风景。如果没有这番思考，无毒抗癌很可能要推迟许多年出现，届时将会有数万数十万癌友失去合理治疗的机会，甚至过早地失去生命。想想成千上万痛失亲人悲痛欲绝的情景，我们不能不庆幸还有大医在思考。

陈涌说："不光医生思考，癌友也在思考。我们总说无毒抗癌包含心理方面的治疗，其实还有态度。直观来讲是对待癌症的态度，往大了说就是对待生命的态度。"

一次全新的思考，推开窗，是崭新的天地。

然而对于陈涌来说，这样的思考无异于悬梁之索刺骨之锥，每每于困顿之际幡然惊醒。她说："人类对未知的恐惧是与生俱来的，死亡可以说是一种最为真切的未知，因此人类对死亡的恐惧到了无以复加的地步。而癌症无疑是制造死亡的罪魁，全球每年都有800多万人死于癌症。说实话，不光癌友自己害怕，做医生的何尝不是瑟瑟发抖呢？战战兢兢中，我们走得步履维艰。直到今天，当我们终于知道，把人体这个大环境建设好了，癌细胞自己就会投降。《孙子兵法·谋攻》论述用兵之道时指出，全为上，破为下。所谓'全'，就是保全、维护；所谓'破'，就是攻杀、消灭。如果战争只是为了杀戮和破坏，那这样的战争又有什么意义呢？所以'百战百胜，非善之善者也；不战而屈人之兵，善之善者也'。2500年前的孙武就能有如此高明的见解，反观今天我们处处为癌症掣肘的尴尬，怎能不羞愧？中国传统文化的最高境界是'和'，到今天叫'和谐'，不光兵法如此，中医同样如此。我们讲平衡，如何才能平衡？是和谐，是阴阳和，气血和。如果说抗癌是一场延续了几千年的战争，那么到了今天，无毒抗癌出现以后，我们才真正找到了制胜的法宝。"

抗癌43年，对于患者的心思，陈涌比大多数人的认识都要深刻。她知道，无论恐惧、希望还是信心，在医患这里是一致的。所以，当无毒抗癌引领着抗癌战略转变以后，癌友的态度也来了一个180度大转弯。

贺少锋做完舌癌手术后，一度有了轻生的念头。在亲戚朋友的耐心劝导下，才逐渐放弃这样的想法。然而，村子里的人还是一眼就能看出来，贺少锋像彻底变了个人一样，陌生，甚至可怕。生病前，贺少锋每天做完农活吃过饭都会到村口下棋，作为十里八村有名的象棋高手，他经常让对手数子，还能中盘获胜。别人花几分钟才能看透一步棋，而他只要几秒钟就能看透四五步棋。村民们都说，他要是生在大城市里，没准儿现在也是个特级大师。而生病后，他连看一眼象棋的欲望都没有，偶尔有人撺掇他来一盘或是帮着参谋一下，他却恶狠狠地说："我连自个儿的病的看不透，还看什么棋啊！”贺少锋呆呆地望着远处，直到天黑了下来，他才迈出缓慢的步子，回到家里。

贺少锋说：“以前种地是靠天吃饭，现在我活着也是看老天爷的脸色了。”听天由命，这是无数癌友面对癌症时的真实写照。世界卫生组织曾经指出，有三分之一的癌友是被吓死的，这就是著名的癌症死亡“三一论”。无毒抗癌根据临床实际，对“三一论”进行调整，提出了在肿瘤界产生广泛影响的“六一论”，即六分之一的癌友死于恐惧。

就这样，贺少锋一天比一天消沉，身体越来越瘦弱，精神越来越恍惚。“要不是找到陈主任，我大概某一天睡着睡着就再也醒不过来了。”回想起那段日子，贺少锋仍然心有余悸。

为了帮助贺少锋树立战胜癌症的信心，陈涌拿自己的经历做对比，她说：“我以前也怕癌症，为什么？因为技术不过关，担心治不好。我不怕丢人，今天和你实话实说，以前我治癌症，治好的多，治不好的也不少；后来水平提高了一点，能治好的越来越多。但是为什么还有治不好的呢？这是因为方法不对！所以我就改进了方法，以前是与癌症正面对攻，现在是与癌症和平共处，听起来像是妥协，但实际疗效却提高了，治不好的也就越来越少。我相信，无毒抗癌的普及，将在更多癌友的康复进程中发挥作用。”

棋场如战场，曾经的象棋高手终于领悟了。贺少锋开始积极配合治疗，从用药到饮食，从作息到娱乐，都完全按照陈涌的要求去做。一年以后，贺少锋身体恢复了，村口大石磨做成的棋盘边上，那个罕逢敌手的棋手回来了！人们发现，他的棋艺比以前还高，而他本人，更是毫不客气。“我连癌症都不怕，还能怕你们这些臭棋篓子?!”透过贺少锋爽朗的笑声，我们仿佛看到了陈涌，看到了那个帮助无数癌友坚强面对癌症狂魔的医者，看到了那个大声说出“我命由我不由天”的老顽童！

熟悉陈涌的人都知道，她性格直爽，快人快语。2007 年 10 月，一位山西癌友慕名而来。胃癌骨转移，情况比较严重，当地医院已经下过病危。一番望闻问切，陈涌发现与此前曾接诊过的一个病例非常相似，便脱口而出："这怎么能给下病危呢?!"家属听后，不以为然，便对陈主任说："只要8个月能好转，我一定给你送锦旗!"结果用药6个月，骨转移便基本消失。当癌友的家人把锦旗拿来后，却发现陈涌的诊室已经没有空余的地方，一时不知该怎么办。再看陈涌，边笑边说："为什么非要挂在诊室呢？我可以挂家里啊。"陈涌紧紧握住癌友家人的手，那一刻，感动如同决堤的泪水，奔涌而出。

类似的情况很多，有时候因为太过耿直，不免引起癌友的误解。但是陈涌并不担心，她常说："只要你有信心让我治，我就用毕生所学帮你治好，我们让疗效说话!"

深情肺腑言无尽

由于治疗效果好，不仅癌友为陈涌介绍病人，就连医生也为她介绍病人。某综合医院肿瘤科主任冒着被医院处分的危险，每年都会为她推荐数十名危重癌友。这位主任说："在生命面前，所有的东西都是微不足道的，面对我们已经无能为力的癌友，不帮他们找到更好的治疗途径，于心不安啊。如果能因此多挽救几条生命，即便受点处分，也是值得的。救人一命，胜造七级浮屠，就当是我自己修行了。"得益于大家的认可，多年来，陈涌的门诊量和复诊率都是遥遥领先。许多癌友在她这里看了十多年，从中国中医科学院中医门诊部，到安定门中医院，陈涌走到哪里，癌友就跟到哪里。

陈涌知道，这是癌友对自己的信任。对于一名医生来说，这是最大的褒奖。在医患矛盾异常尖锐，不时出现患者刺死刺伤医护人员的今天，能够得到如此爱戴，着实不易。陈涌说："患者一旦从病痛中解脱出来，自然千恩万谢，又是送锦旗，又是送礼物。我们做医生的，总觉得自己在治病救人，病人这样子是应该的。我们常说要感恩，其实不光患者要感恩，医生更要懂得感恩。往重了说，患者是我们的衣食父母；往轻了说，没有患者，没有临床实践，我们的医术如何提升？所以，我们必须想方设法地报答患者。投我以桃，报之以李，最好的回报就是帮助他们挽回健康。如何获得健康？孙思邈说大医精诚，我们能做的就是精于医术，诚于医德，不断学习，不断进步。”

陈涌认为，做医生不能墨守成规，应当活到老学到老。“你有长处我就跟你学”，这是陈涌最常说的一句话。年少时几乎问遍中医研究院内的名家，大学期间又拜尽中医学院的大师，毕业工作后跟同事学习，跟同学学习，跟民间医生学习，跟名老专家学习。从一个医学后进生，到中医抗癌界的传奇，陈涌一直以实际行动践行着这句朴实而又诚恳的话。为了提高诊疗效果，陈涌甚至自学西医的基本诊疗知识。她说：“中医许多概念都比较深奥，作为医学同道的现代医学专家都不容易理解，更别提一般的患者了。只有在检查诊断这一环节，中医、西医和患者之间才有共同语言，因此，掌握基本的现代医学诊疗知识，可以更方便地和癌友交流，对于治疗是有帮助的。”

正是这样一点一滴的改变和积累，中医学才能不断向前发展。认真审视中医肿瘤学的历史，不难发现，每个阶段都有进步。在段凤舞继承和提高中医抗癌水平的基础上，从余桂清建立中医抗癌的基本流程并提出“抑扶平衡疗法”，到朴炳奎进一步细化和明确中医抗癌的治法治则，提出“扶正与清热解毒抑制肿瘤增生，扶正与活血化瘀抑制肿瘤转移”的思路，再到陈涌等人建立无毒抗癌体系，经过三代人的努力，中医抗癌的理法方药和诊疗规范基本形成，中医药作为肿瘤综合治疗的重要组成部分，被广大医务工作者、癌友和社会所接受。中医药在减轻放化疗毒副作用、改善患者生存质量、防止癌症复发和转移等方面的作用，获得国际上的广泛认同。现在，接力棒传到了陈涌手中，中医抗癌完成了系统化和理论化，并以无毒抗癌为载体，缩小了中医和西医、东方和西方、传统和现代之间的差距与隔阂。我们可以设想，有朝一日，抗癌将只剩下一种方案——合理和有效的方案。

就在年初，广州癌友林富阳带着一大摞检查化验报告找到了陈涌，他想知道自己到底适合什么样的治疗方案。临床上，陈涌见过不少类似的患者，他们拥有比较好的医疗条件，同时也有着一颗多疑的心，中医西医有名的权威的，只要是能找到的，都会找去看上一遍。

2007年，北京军区某少将找到陈涌时，竟然带着6张药方，每一张都是权威肿瘤专家开的，有郁仁存，有朴炳奎，有花宝金，有李忠。在少将的再三要求下，陈涌逐一对比，建议他用李忠的方子。然而，少将仍然坚持请陈涌也开一张药方。陈涌说："当时特别尴尬，说实话，这位少将也是熟人介绍过来的，而开方子的几位专家我也都认识，朴老还是我的老师，对方子已经是勉为其难了，竟然还要在合适的方子前，再开一副方子。后来我就告诉他，目前的病情和李忠的方子完全对应，要我开也是一样。"

所以看到林富阳，陈涌的心里就已经做好了准备，她把几份主要的检查报告拿出来，从中医角度解释各项指标的意义。半个小时过去了，除了频频点头，林富阳只剩下彻底佩服的表情。陈涌知道，心理攻坚战已经结束，接下来要做的，就是宣布结果了。

一周后，林富阳回到广州，按照陈涌的建议做了喉环状软骨上部分切除术，愈后良好，至今检查未见复发。林富阳专门打来长途电话，向陈涌汇报病情。电话那头，他对陈涌出于医生的职责，理性客观地分析病情、选择治疗方案，交口称赞。林富阳说："现在是经济社会，所有人都向钱看，难得陈涌主任面对找上门的患者，居然不为所动。这种完全为患者着想的高风亮节，让我深受感动，也让我对陈涌主任更加信任。"所以在康复期间，林富阳远隔千里，坚持服用陈涌的方子。目前，林富阳的恢复情况非常理想，他计划春节前再来北京一次，找陈涌复诊。

谈起这位癌友，陈涌认为，西医的诊断数据帮了大忙。如果不是中西医做对比，做解释，让他最大程度上明白自己的情况，林富阳可能仍旧无法确定治疗方案，那样的话，病情就耽误了。对此，陈涌也经常告诫癌友，治病要有信心，对自己要有信心，对医生也要有信心，切忌盲目投医。

近年来，陈涌专注于无毒抗癌临床工作，在消化系统癌症和妇科癌症领域取得了丰硕的成果，受到各级各界表彰。但她并未因此而自满，每年都会受邀或主动到外地参加会诊。目前为止，除贵州和西藏外，她已经走遍了全国各省区。在基层，陈涌亲眼目睹癌友求医之难，由于得不到好的治疗，他们买保健品，吃偏方，几乎到了无所不用其极的地步。每次，陈涌都会告诫他们，癌症是大病，必须正规医院正规治疗。

但是，正规医院就一定能治好癌症吗？谁也不能下这样的定论，毕竟癌症的总体治愈率在那里摆着。但是，我们可以看到，中国式抗癌崛起以来，癌友的五年生存期甚至十年生存期都有提高，生活质量也大为改善。无论是抑扶平衡，还是无毒抗癌，都在向着彻底战胜癌症的终极目标发起冲击。说到抗癌前景，陈涌非常乐观，她说："抗癌一定会取得突破，因为我们有中医！"

随着人口老龄化的加剧，癌症的发病率也在逐年提升。综合世界卫生组织、全国肿瘤登记中心、美国癌症协会以及美国癌症联合会等机构的统计数据，40 岁以上人群的癌症发病率比 30 岁以上人群高 1 倍，50 岁以上发病超过全部发病的 80%，60 岁以上尤为集中，80 岁达到高峰。在此背景下，社会上一度出现对癌症的恐慌。在接受《光明日报》记者采访时，陈涌说道："对于癌症，应该有理性的认识。作为肿瘤医生，我们需要做的不仅是临床上治愈患者，还要有强烈的信心，并且把这种信心传递给癌友，乃至每一个普通人。"

抗癌 43 年，陈涌一直用行动积极传递战胜癌症的信念，也在用行动捍卫中医的尊严。在对中医的各种质疑声中，"见效慢"颇有市场，甚至一部分中医自己也持这样的观点。对此，陈涌特别不服气。当年由她牵头的中医药治疗乙肝项目，水平位居全国前列，疗效丝毫不亚于其他治疗方法。陈涌说：“就用中药，一到两个疗程，e抗原转阴。许多人质疑中医药见效慢，实际上这是误解。草血竭外敷止血，炒米糊内服治脾虚胃寒而致的水泻等等，还有我们今天广泛使用的云南白药，都是快速见效。在一些名家医案中，经常会看到‘数方而愈’这样的描述。我们甚至可以想象一下，病人奄奄一息，去各大医院，找各大专家，都没有办法。最后找到一位有本事的中医，照着方子熬两副中药喝下去，好了，这是什么效率？所以形容中医常用‘药到病除’，并非空穴来风。事实上，中医见效快慢是由病症决定的。比如抗癌，这些年来我们发现‘稳’才是最重要的。运用中医药调整阴阳气血平衡，调理人体五脏六腑，讲究的是循序渐进，看似缓慢，但减少了复发和转移的机会，实际上见效更快。”

临床中，每每听到“中医见效慢”的担忧，陈涌都会告诉对方，快慢不重要，能不能治好才重要。

薪火尚须后辈传

不得不说，在学医这条路上，陈涌是幸运的。为其授业者，无一不是学识渊博成就斐然的中医大家。除了北京中医学院的授业恩师，中国中医研究院众多名家都曾指点一二。至于抗癌，更是中医肿瘤专业创始人余桂清和中医肿瘤学科带头人朴炳奎一脉嫡传。

如今，许多恩师已经驾鹤西去，依然在世者，只剩下程莘农、朴炳奎、余瀛鳌等几位。临床之余，不免会想到当年各位老师倾囊相授的情景，陈涌暗下决心，一定要把无毒抗癌传下去。随着临床经验的不断积累，尤其年事渐高，陈涌深切体会到传承的紧迫性，在朴炳奎老师的建议下，陈涌开始承担传统医学师承工作。

2009年5月16日上午，第六期全国传统医学师承拜师典礼上，在国家中医药管理局、北京市中医管理局等机构领导的注目下，由著名中药学家周超凡担任引师、著名中医学家周立孝担任保师，两位学术继承人按照传统拜师仪式向陈涌行拜师礼，正式成为陈门弟子。

时代在发展，中医本身也需要发展，科技或多或少影响和改变着传统中医。但是，救治苍生的宗旨不能变，大医精诚的精神不能变，对待患者一视同仁的态度不能变；望闻问切不能丢，辨证论治不能丢。陈涌说："纯粹的中医正在消亡，为了迎合患者和市场，有些同行甚至连辨证也不要了。但是，任何传统都需要有人坚守，为了中医，我愿意坚守！"于是，从入门那天起，陈涌就为弟子立下了四条门规。

第一，要有济世之怀。中医乃活人之术，几千年来，代代相传，学术纷呈，唯一不变的就是这份救济苍生的情怀。从神农尝百草，到董奉医贫苦，杏林茁壮而医德蔚然。如果没有这份情怀，就难以安贫乐道。大医精诚曰："凡大医治病，必当安神定志，无欲无求，先发大慈恻隐之心，誓愿普救含灵之苦。若有疾厄来求救者，不得问其贵贱贫富，长幼妍媸，怨亲善友，华夷愚智，普同一等，皆如至亲之想。亦不得瞻前顾后，自虑吉凶，护惜身命。见彼苦恼，若己有之，深心凄怆。勿避崄巇、昼夜寒暑、饥渴疲劳，一心赴救，无作工夫形迹之心。如此可为苍生大医，反此则是含灵巨贼。"

第二，要有包容之心。包容乃进步之要，中医历经几千年发展，不乏流派之争，但却愈争愈进步。清末世界格局迅速变化，西方医学流入中国，以唐容川为首的医家主张"西医亦有所长，中医岂无所短"，"不存疆域之见，但求折衷归于一是"，开中西汇通派先声。与此同时，张锡纯、恽铁樵等医家则认为，可以贯通中西，形成新的体系——中西医结合。最近半个多世纪以来，在政府的支持下，中西医结合取得了长足发展，中医肿瘤学便是在此背景下创立的。海纳百川，有容乃大，有包容之心，才有谦虚好学之心。如此，才能博极医源，精勤不倦，最终窥得医学至精至微之境。

第三，要有苦学之志。岐黄之道艰深，惟苦学可以有成。苦学之道有二，一曰读经典，中医经典倒背如流，名家医案常置床头。二曰做临床，抄方侍诊不嫌累，记录医案不嫌烦。有人说，先读经典，再做临床；有人说，先做临床，再读经典。其实，读经典和做临床是相辅相成相互验证的，边读经典，边做临床。经典熟了，临床通了，才能做到诊脉察色验舌指证有条不紊，论病立法处方遣药一气呵成。误补人参成毒药，对症砒霜是良剂，行医既要处处小心，还须处处大胆，惟深厚的理论和丰富的经验可以保驾护航。

第四，要有创新之识。从医圣张仲景创伤寒学说，到金元四大家先后争鸣，再到明清医家推陈出新，中医发展，离不开创新。时空转变，今日之人非昨日之人，今日之病非昨日之病，完全因袭前人之说，或许可以守一时之成，却必定无法标新立异，更上层楼。陈涌注重总结临床经验，诊室内保存着几大箱病例。她说："只有勤总结，才能多提高，老一辈的中医大家都是这么过来的。"多年来，陈涌临床和理论两不误，撷取各家之长，逐渐形成以脾胃学说为中心的学术思想，收到了良好的临床效果。

随着环境、饮食和生活方式的改变，脾胃病已然成为常见病和多发病，脾胃论也因此焕发出新的生机。当代补土派名家，岳美中是陈涌的启蒙老师，董建华是陈涌的授业老师，董德懋是陈涌的私受老师，于此三家，陈涌尽得脾胃论之精髓。结合多年的临床实践和理论推导，形成了独到见解。在前人"脾宜升则健，胃宜降则和"的理论基础上，提出胃病的病机以胃失和降为主要特点，传变从气滞到血瘀继而发展为气血阴阳虚损。陈涌认为，治疗脾胃病当以疏通气机、调畅气血为主，使上下气机通畅则升降有序，阴阳寒热调和，胃病自除。

由于历史条件的原因，生活状况的差异，前人治疗脾胃病，重于脾而轻于胃。在大量临床实践中，陈涌认识到现代人的脾胃病与前人有较大差异，重视治胃可以收到更好的效果。在陈涌手中，补土名方"补中益气汤"稍作化裁，便可发挥神效。

田佩佩患甲状腺癌4年，有一段时间突发癌热，最高38.4℃，最低37.3℃，服用抗生素无效，又在当地中医院诊治，给予解热止痛治疗，服药后数小时内热退，待药物作用消失后，低热反复。时日迁延，出现乏力等症状，于是来京治疗。陈涌诊断发现，田佩佩主要症状为乏力、发热、食欲不振、腹胀，用补中益气汤三剂而热退。

四年来，两位弟子跟师出诊抄方整理医案，受陈涌的影响，身上也有传统中医的那股精气神。出师前，陈涌一再叮嘱，要先做人再做医，坚守底线，做最纯粹的中医。

鉴于当前部分医生完全以经济效益为重的现象，陈涌格外告诫弟子，绝不能一门心思向钱看。陈涌说："水平高，疗效好，找你的病人自然多。病人多了，收入自然就提高了。所以，要把心思用在正道上。岐黄之路，治病救人是唯一正道。"

2011年5月，75岁的刘玉楠抓着陈涌的双手说："可算找到恩人了！"原来刘玉楠在2008年底查出原发性肝细胞肝癌，肝左叶有2.7cm×2.2cm大小肿块。由于治疗不当，病情恶化，2009年10月30日再次到当地医院检查，肿块增大到4.7cm×4.6cm，血清直接胆红素高达65.2umol/L。看到这个结果，一家人都陷入了恐慌。考虑再三，刘玉楠在家人陪同下来到北京，在中国中医科学院找到陈涌，采用疏肝理气，软坚散结，佐以补益肝肾抑制肿瘤的方法给予整体治疗，4个月后，多数症状消失，检查肝左叶肿块缩至2.6cm×2.1cm，直接胆红素降到8.9umol/L，基本转为正常值。

看到治疗效果如此明显，一家人无比高兴，庆幸遇到了神医。然而，又一个疗程的中药用完后，却与陈涌失去了联系！原来，陈涌已经退休，离开了中国中医科学院。这个节骨眼上，怎么能够停下治疗呢？一家人急忙从山东赶到北京，经过多方打听，终于在安定门中医医院找到了陈涌……

前面提到的徐广雷，由于治好了肝癌，对陈涌由衷信服。有一次阑尾穿孔，他竟然不远千里从内蒙赶来北京找陈涌治疗。几年来，只要听说有人得了癌症，他就热情介绍对方找陈涌治疗，其中有好几位已经接近临床治愈的标准。现在，他们也和徐广雷一样，成了陈涌的忠实拥护者，源源不断地介绍癌友过来治疗。正如结肠癌康复癌友张大姐所言："徐广雷开了一个好头，我们要把这种传统传承下去，让更多癌友分享康复的快乐。"

当中医肿瘤学由广安门开历史之先河，历经余桂清、朴炳奎两代掌门，最终将历史的重担放在陈涌身上，一脉相承的，是杏林先贤大医精诚的大爱胸怀。

当中国式抗癌的战斗号角吹响，陈涌义无返顾地踏上抗癌的万里长征，最终开辟出无毒抗癌这一健康新纪元，血脉相继的，是父辈身上一往无前的红军精神。

海运仓中的医籍，泸沽湖畔的本草，广安门内的绝技，安定门外的传奇，这是一段看起来只有 43 年的路程。如果站在更高处，从《黄帝内经》开始，到伤寒论，到脾胃论，到抑扶平衡，到无毒抗癌，当一座座丰碑汇聚，挽起中国式抗癌的大旗，却是亘古就有的追求！面对千百万癌友的呼唤，面对一双双渴望的眼睛，是时候将无毒抗癌的薪火传承下去。

传承，从某种意义上来说，是生命的延续。许多年以后，当癌症已经被彻底攻克，人们还会记得陈涌，记得那些生与死的较量，记得那些胜利后的喜悦。

抗癌 43 年，一切还在继续……

附录： 大医之路

人类发明了文字，
所以，美丽的故事被记录，口口相传；
人类发明了影像，
所以，真实的画面被定格，代代相颂。

透过文字，可以抵达内心，
透过影像，可以还原历史；
透过大医之路，可以感受生命，
感受风雨彩虹。

世上本没有路，
走的人多了，也便成了路。
历经四十三年，与万千癌友携手，
陈涌走出了一条中国式抗癌的希望之路。

苍生大医，精诚为鉴，
抗癌之路，与爱同行。

附录照片及文字说明：

2013 年春节，国家卫生计生委副主任兼国家中医药管理局局长王国强等领导看望陈涌的父亲，95 岁高龄的老红军陈阳和。王国强副主任说，等陈老一百岁的时候，还要来看望他。（01 陈阳和）

在抗日战争的烽火硝烟中，陈阳和曾与白求恩并肩战斗，此后逐步成长为新中国卫生事业的开创者和见证人。红军精神，长征精神，白求恩精神，连同岐黄薪火，如今都已传至陈涌。（02 白求恩）

当年风华正茂的杏林学子，如今已是中医界的中流砥柱，那批学生中诞生了方剂学科带头人邓中甲、外科学科带头人李曰庆、肾病专家聂莉芳等不少名家，当然还有肿瘤专家陈涌（后排左三）。（03 小合影）

同学们，到祖国最需要的地方去！来自国家的号召，改变了上千万年轻人的命运。而主动奔赴边疆的陈涌，从此告别青春，踏上了长达43 年的抗癌之路。如今，抗癌长征还在继续。（04 大合影）

中国中医研究院和北京中医学院曾经连为一体，全国一半的中医大师都集中在海运仓里。近水楼台先得月，前辈们或借或赠给陈涌大量中医古籍，有一部分留存至今，让她受益匪浅。（05 古籍）

几千年来，中医学薪火相传，流派纷呈。脾胃论无疑是中医史上的一座高峰，对陈涌影响至深。李东垣的理论，最终被陈涌

创造性地运用到无毒抗癌领域，形成了独具特色的学术思想。(06 东垣十书)

陈涌回到中国中医研究院后，开始总结抑扶平衡疗法，参与多个抗癌新药的研发工作，深受余桂清老师器重。图为陈涌作为主要研发人员，与业师余桂清共同参加电视台的节目录制。(07 余桂清)

每年春节，陈涌都到业师朴炳奎家中拜年，一起包饺子，吃八宝饭，走的时候，老师还会送一小坛朝鲜族特色泡菜。陈涌说，朴老制作的泡菜风味独特，和他的医术比起来各有千秋。(08 朴炳奎)

老李 76 岁患上膀胱癌，手术放化疗一年后发生淋巴和盆腔转移。经无毒抗癌治疗两个月，下肢麻木消失，可以下地走路。身体好了，精神也跟着好了，老李特意嘱托女儿为陈涌送来锦旗。(09 李树周)

生病了就仿佛天塌下来，治好了又如同日出天晴，人世间的大悲大喜，癌友家属的体会再真切不过了。看着老伴儿一天天好起来，自己的心病也没了，所以锦旗要写上两个人的名字。(10 王俊芝)

直肠癌伴肝肺转移，生存期有限，协和医院的诊断让全家人陷入绝望。后在癌友帮助下找到陈涌，服用无毒抗癌中药两个疗程，各项指标平稳，生存质量提升，家人特意送来锦旗致谢。(11 刘德金)

儿女是父母的心头肉，儿女患病父母心疼，更何况女儿只有 24 岁，患的还是被宣判死刑的淋巴瘤脑转移。眼看女儿在陈涌的

治疗下已经生存4年，母亲两次赠送锦旗表达感激和欣喜。（12 艾静）

肺癌肝转移却被当作炎症治疗，病情恶化让小李对西医院产生了抵触。经陈涌诊断证属肝火犯肺，治以清肺平肝，顺气降火，扶正消瘤。8个月后，小李病情全面好转，嘱其弟送来锦旗。（13 李文泉）

或许经历过大地震的原因，唐山人总是格外豁达。面对乳腺癌，小刘虽然有过低落，但在陈涌的治疗帮助下，很快走出了癌症阴影。有时候看一个人是否健康，从她的笑容就能知道。（14 刘艳茹）

直肠癌癌友张老先生去世后，孙子按照他的遗嘱向陈涌赠送锦旗。由于身体无法承受手术和放化疗，张老先生一度承受巨大的痛苦，后经陈涌治疗三年多，最大程度减少了病痛的折磨。（15 张惠轩）

癌症最折磨人的除了疼痛、呕吐、腹泻、便秘，还有体重下降。日渐消瘦的身体，如同死神的信号，让癌友崩溃。崔女士被确诊为宫颈癌后也曾暴瘦，经过一年治疗，恢复了往日的富态。（16 崔岚）

北京房山区癌友张桂霞直肠癌术后出现淋巴转移，治疗20天症状明显好转，彻底被陈涌高超的医术征服。她的家属也来找陈涌治病，其中一人同时患有肺气肿、高血压等18种疾病。（17 张桂霞）

门诊量大，经常午饭都顾不上吃。接诊过程中碰上赠送锦旗的康复癌友，更显拥挤。医院考虑为她换一间大的诊室，陈涌却

说这里离挂号处近，少走几步算几步，为他们减少点困难。（18 王女士）

徐广雷可能是陈涌收治好的大量癌友中，最特别的一个。他经济并不宽裕，但每次来京复诊都会带给救命恩人一些礼物，有土特产，有十字绣，而这双手工鞋和鞋垫，最为陈涌珍视。（19 鞋垫）

家和万事兴，简简单单5个字，流露出的是徐广雷对健康、生命的全新认识，也是众多癌友与病魔抗争过程中的深刻感悟。一针一线，饱含着重生的喜悦，也饱含着人世间的大爱。（20 十字绣）

王皓是美籍华人，4年前被确诊为右叶肝细胞癌，在美国做完射频消融术后，家属带着他的病历回国寻求治疗，成为无毒抗癌的受益者。去年，接近临床治愈标准的王老先生回国看望陈涌。（21 王皓）

王老先生服用中药的同时，定期检查。2011年5月的一次化验显示，除单核细胞数略低0. 02，其他各项指标均为正常值。中医之神奇，令大名鼎鼎的梅奥诊所肿瘤专家刮目相看。（22 梅奥）

父亲患癌后，演员齐志一度息影，陪老人治病。服用陈涌的方子4年，老人直肠中的癌瘤消失了。虽然老人后来因肺转移去世，但齐志仍然非常感激陈涌，一直筹划着为她拍点东西。（23 齐志）

多数患者习惯赠送锦旗表达对救命恩人的感激之情，小成却选择了合影的方式。患肝癌这几年常看电视，满脑子影视明星，

难免有点追星的想法。在他眼中，陈涌主任是最大的明星。（24 成岗）

中药配伍，君臣佐使，法度森严。有的中医擅用大方，有的中医擅用小方，陈涌却是大小方都用。陈涌认为，不论大方小方，目的都是治好病，要不执一药以论方，不执一方以论病。（25 方子）

中医肿瘤学两代掌门余桂清和朴炳奎都是西医出身，他们都很重视西医的诊断数据，这一传统在学生们身上也有体现。陈涌把患者的检查报告附在病历中，更好地对照掌握康复效果。（26 报告）

手机短信代替了书信，电子病历也代替了传统的手写病历。尽管如此，陈涌还是会亲手书写一份又一份病历。她说，打印纸下面是中医的历史和传统，不管到了什么年代，都不能丢。（27 手写病历）

诊室里放着最近几年的病历，整齐地码放在箱子里，犹如一部行医史。有些已经泛黄，但陈涌依旧把它们当作宝贝。有一次，按照病历上的信息，居然联系到了存活 16 年的肝癌患者。（28 病历箱）

每年，陈涌都要抽出时间深入基层会诊，除贵州和西藏外，足迹遍布全国各省区。随着年龄增加，奔波之苦日重。全国肿瘤专家远程会诊中心成立后，陈涌终于可以轻松一些了。（29 远程会诊）

今年 8 月份，陈涌应邀到福建参加会诊，白天忙一整天，晚上回到宾馆，还有慕名而来的患者。陈涌感慨，走到哪里，哪里

就是诊室。这是给一位在老干部局工作的患者开的方子。（30 宾馆病历）

不管癌症还是一些常见病，好的心态对于患者的康复都具有重要意义。临床诊疗过程中，除了个别情况必须保持医生的威严，大多数时候，陈涌总是面带微笑，并把微笑传递给患者。（31 接诊）

从当年大胆问难的初生牛犊，到如今两鬓染白的杏林传奇，当中医肿瘤学来到第三代，传承薪火已然变得迫在眉睫。2009 年 5 月 16 日，陈涌参加中医师承拜师典礼，正式收徒授业。（32 师承）

陈涌出诊的医院同时也是世界针联传统医学培训中心临床实习基地，每年都会有数批国外学员前来实习。陈涌运用国医大师针灸泰斗程莘农的手法做示范、解疑难，深受洋学生爱戴。（33 法国针灸）

陈涌在无毒抗癌领域的成功，引起国内外的广泛关注，自然也传到了国家中医药管理局局长王国强的耳朵里。借着看望陈阳和老人的机会，王国强副主任深入询问了无毒抗癌的现状。（34 王国强）

为更好地总结临床经验，在陈涌的提议下，安定门中医院形成了每周一次专家讨论的制度，有时候甚至邀请院外专家参与。作为中医肿瘤科主任，肿瘤方面的讨论通常都由陈涌主持。（35 专家讨论）

2011 年 5 月 19 日，全球首个无毒广谱抗癌中药博尔康胶囊正式上市，顺利进入白俄罗斯国家肿瘤医院。作为临床研究首席

专家，陈涌深知它的疗效，对其临床使用前景有着更高期望。（36 博尔康）

与博尔康胶囊同期上市的肺艾克胶囊，同样是陈涌多年临床工作的结晶。肺艾克胶囊不仅是全球首个肺癌专用无毒中药，更是全球首个有效治疗肺癌胸水的物效药，临床总有效率达到88%。（37 肺艾克）

癥宝癀片开创中药无毒抗癌止痛先河，具有无毒性、无成瘾性、无耐药性等特点。陈涌所做的大量临床显示，该药对脏器、四肢、腹部、胸部等处不同程度癌痛均有快速的持续缓减作用。（38 癥宝癀）